狙われた男

秋葉京介探偵事務所

西村京太郎

祥伝社文庫

目次

狙われた男

1

秋葉京介《あきばきようすけ》は、不遠慮《ぶえんりよ》に、自分の前に座っている男を値ぶみするように眺《なが》めた。

年齢は五十六、七歳といったところか。だが、年齢は、問題ではなかった。問題なのは、相手が持ち込んできた用件と、金があるかどうかということだ。秋葉には、他に興味はなかった。

「僕のことを、誰に聞いて来たんですか？」

秋葉は、煙草《たばこ》に火をつけながら、相手にきいた。

「友人の田口《たぐち》君から聞いた。新日本《しんにほん》工業の重役をやっている――」

「ああ。覚えていますよ。僕のことをどういっていました？　危険な男だとは、いってませんでしたか？」

「それは――」

「ここで、遠慮は、ご無用。正直にいって下さったほうがいい」

秋葉は、ニヤッと笑ってみせた。相手は、口を、もごもごさせてから、

「確かに、あんたのことを、危険な男だといっていた。これは、私がいうんじゃない。友人の田口君が――」

「念を押さなくても構いませんよ」

「ただ、こうもいっていた。危険な男だが、頼り甲斐《がい》のある男でもあると」

「それで？」

「今、私は、困った事件に巻き込まれてしまっている。だから、あんたの力を借りたい。助けて貰《もら》いたいんだ」

「何故《なぜ》、警察へ行かないんです？　税金は払っているんでしょう？」

「警察に頼めるくらいなら、とっくに警察に頼んでいる。それが出来ないから、友人の田口君に聞いて、こうしてあんたを訪ねて来たんだ。だから、私を助けて貰いたい」

「なるほど」

秋葉は、ゆっくり、吸いかけの煙草をガラスの灰皿に押しつぶした。

「あんたの頼みというのを聞く前に、僕から断わっておきたいことがある。僕は、一見、インテリ風に見えるかもしれないが、ヤクザな人間だ。あんたの友だちがいったように、

危険な男でもある。あまり金にならない素行調査なんて仕事はやりたくない。金になる仕事だけやる。だから、もし、あんたが普通の私立探偵事務所に頼むような仕事を持って来たのなら、何も話さずに、帰って貰ったほうがいい」

「簡単な、調査みたいなことなら、あんたを訪ねたりはしない。もっと大変なことに、私は、巻き込まれてしまっているんだ」

「それなら、話を聞いてもよさそうですね。ただし、金は高いですよ。値段は、僕のほうからつける。アメリカと違って、この日本では、私立探偵という正式な職業はないんですよ。だから、拳銃《けんじゅう》はおろか、ナイフも持てない。危険な相手とも、素手で闘《たたか》わなければなりません。もし、拳銃を使えば、相手を殺さなくても、所持していたというだけで、警察に逮捕されてしまう。また、刑事事件にぶつかれば、手を引かなくてはならない。つまり、あんたに頼まれた仕事をやっている最中に、警察が介入してきたら、僕は、手を引かなければ、逮捕されるということですよ。だが、僕が手を引いてしまったら、あんたは、困るに違いない。困らないのなら、最初から警察に頼んだでしょうからね。だから、僕は、警察に逮捕される危険を冒《おか》しても、仕事を続けなければならない。だから、金は、こちらのいうとおり出して貰いたいのですよ」

「わかっている。あんたのいうだけ払う。いくら払えばいいんだね？」

男は、せかせかと、背広の内ポケットから、分厚い封筒を取り出した。中に入っているのが一万円札なら、百万ぐらいはありそうである。

「金額は、仕事の性質によります。酒を飲みますか？」

「何故、酒を？」

「アルコールが入ったほうが、話しやすいこともありますからね」

「いや。酒はいらん」

男はいらいらした声でいった。よほど、神経が高ぶっているのだろう。

「じゃあ、話を伺《うかが》いましょうか」

と、秋葉は、新しい煙草をくわえた。

2

「私は、かなりの金を持っている。水商売だが、十億ほどの金だ」

「羨《うらや》ましいですね」

と、別に、羨ましそうもなく、秋葉は肯《うなず》いて見せた。人間というやつは、金を持てば持ったで、それだけ心配ごとが増えるものだ。

「だが、敵も多い。やむを得ず、作ってしまった敵もいるし、私に対する嫉妬《しっと》から敵に回ったやつもいる」

「それで？」

「最近、私は、脅迫《きようはく》され続けている」

「脅迫されているんだったら、僕のところへ来るよりも、警察へ行ったほうがいいんじゃありませんか？　向こうはタダで、あんたを守ってくれますよ」

「それが出来るくらいなら、こんなところへは来ない。まっすぐ警察へ行っている」

と、叫ぶようにいってから、男は、あわてて、

「こんなところといったのは、失言だ。許してくれ」

「構いませんよ。そういう言葉には慣《な》れていますからね。ところで、脅迫されているのに警察にいえない理由というのを伺いましょうか？」

「それはだな。相手が脅迫の証拠を残さないからだ。だから、警察に訴えたって、取りあってくれないに決まっているんだ」

「証拠を残さないというと、どんな風に脅迫してくるんです？」

「最初は、電話だった。眠っていたら、夜中に、急に電話のベルが鳴った。私が出ると、男の声で、一か月以内にお前を殺すというんだ。相手にしないでいると、二度、三度と、かかってきた。いずれも夜中にね」

「電話に、テープレコーダーを接続したらどうです。そのテープを持っていけば、警察は乗り出してくれるんじゃありませんか？」

「勿論《もちろん》、それは考えたさ。ところが、テープレコーダーを接続したとたんに、電話は、かかってこなくなってしまったんだ」

「相手は、他の手段で、脅迫してくるようになったわけですか？」

「そうだ」

「しかし、手紙による脅迫なら、それが証拠になって、警察へ訴えられるでしょう」

「手紙じゃない」

「じゃあ、相手は、どんな手段で、脅迫してくるんです？」

「例《たと》えば、これだ」

男は、ポケットから、一枚の小さな四角い板を取り出して、テーブルの上においた。幼児が、数字遊びをする小さな板である。その板には、15の数字が書いてあった。

「これが、どうかしたんですか？」

「私は、ソープランドやキャバレーを何軒かやっている。三日に一度、全部の店を廻《まわ》って、店の状態を調べることにしているんだが、先日、廻って帰って来たら、いつの間にか、この木札がポケットに入っていたんだ。これが、何を意味しているのか、最初は、わからなかった。どこかで、コートを間違えたと考えたくらいだ。だが――」

「電話で、男は、一か月以内に、あんたを殺すといった。とすると、つまりこの木札は、あと十五日で、あんたを殺すという意味になる。少なくとも、あんたは、そう考えた。違いますか？」

「最初は、気がつかなかったが、次に、店を廻ったとき、同じ木札がポケットに入っていて、それに、12の数字が書いてあったんで、意味がわかったんだ。だが、こんな子供の数字遊びの道具を持って、警察に行ったたって笑われるのが、オチだからね」

「敵も、なかなかやりますね。ところで、相手は、何が望みなんです？　ただ、やみくもにあんたを殺すといっているんじゃないでしょう？　それなら、一か月なんて悠長《ゆうちょう》なことをいわずに、いきなりあんたを殺しているはずだ」

「勿論、最初の電話で、相手は、条件をいったよ」

「金を要求したんですね？」

「そうだ」

「とすると、単なる恐喝《きょうかつ》ですね」

「単なるとは、何だね？　私は命を狙《ねら》われてるんだ」

相手が、怒鳴った。秋葉は、手を横に振って、

「これは、言葉の綾《あや》ですよ。ただ単に、あんたを殺すというだけの相手より、金を欲しがっている相手のほうが、仮面をはぐのが、楽だということです。あんたは、僕に、相手の正体を調べさせたいんでしょう」

「そうだ」

「それなら、金を渡すときに、相手は、どうしても、こちらの前に姿を見せなければならない。そこが、恐喝者の辛《つら》いところでしてね」

「だが、そうはいかないんだ」

と、男は、蒼《あお》ざめた顔でいった。

「それは、どういうことです？　相手は、電話で、金を要求してきたんでしょう？」

「ああ。それも私の全財産だ」

「ほう」

「店も土地も売り払って、全部、現金にしろといった。さっきもいったように、十億という金だ」

「それで、その金を、どこへ持って来いと、いっているんです？」

「そうはいってない」

「じゃあ、どこかの銀行の預金口座へ振り込めと指示でもしてきたんですか？」

「そうもいってない」

「じゃあ、相手は、どうやって、十億という金を手に入れようとしているんです？」

「あんたは、信じないかもしれんが、相手は、一円も欲しがっていないんだ」

「しかし、電話で、相手は金のことをいったんでしょう？」

「いった。だが、やつは、こういったんだ。お前は、全財産を現金化して、それを、すべて慈善事業に寄付しろといったんだ」

3

一瞬、秋葉は、きょとんとした顔になって、男の顔を見つめた。だが、男は、堅い表情を崩さなかった。冗談《じょうだん》でいっているのではないのだ。

「受話器の向こうから聞こえてきた男の声を、私は、まだ忘れられん。やつは、こういったんだ。全財産を寄付なされば、あんたは、一躍《いちやく》有名人だとな」

「すると、相手のいった一か月というのは、あんたが、今、お持ちの店や土地を現金化する時間ということなわけですね？」

「やつも、そういっていたよ」

「だが、あんたには、全財産を、慈善事業に寄付する気は、全くないわけですね？」

「当たり前じゃないか。苦労に苦労を重ねて、やっと、作りあげた財産なんだ。一文なしになるのは、まっ平《ぴら》ごめんだ」

「それで、僕に与えられた時間は、どのくらいあるんです？　あと何日の間に、相手を見つけ出せばいいんです？」

「昨日、これが郵便受に入っていた」

と、男は、また、ポケットから小さな封筒を取り出した。何も書いていない白い封筒である。

中には、紙片がたった一枚入っていた。

「8」という大きな数字が印刷された紙である。

「昨日というと、僕に与えられた時間は、あと一週間ということですね」

「そうだ。やってくれるだろうね？　七日間の間に、相手が誰なのか、見つけ出してくれるだろうね？」

「高いですよ」

「構わんさ。いくら欲しい？」

「まず、百万頂《いただ》きましょう」

「まずというのは？」

「成功したら、あと四百万頂きたい。何億という財産か、命を取られることを思えば、安いものでしょう」

「ここに、百万入っている」

と、男は、さっきの分厚い封筒を、前に押し出した。

秋葉は軽く上から押さえ、それが、札束《さつたば》の感触とわかると、調べもせずに、無造作《むぞうさ》に内ポケットに放り込んだ。

「中を調べなくてもいいのかね?」

男が呆《あき》れた顔でいうのへ、秋葉は、ニヤッと笑って見せた。

「あんたは、僕が、危険な男であることを知っているはずですからね。もし、この中に、いったとおりの金額が入っていなければ、あんたは、僕まで、敵に廻さなければならないことになる。あんたは、そんな馬鹿な人間ではないと思いますからね」

「まあ、それは、そうだが――」

「それでは、さっそく、仕事に取りかかりましょう」

「そうしてくれ」

「では、何故、僕に嘘《うそ》をついたのか、それを教えてくれませんか?」

「嘘!? 私は、嘘なんかついとらん。全部本当のことだ。脅迫されていることも、相手が全財産を慈善事業に寄付しろといったこともだ。やつは、私を、破産させる気なんだ。破産させるか、殺すか、どっちかにする気なんだ。こんなときに、嘘がつけるか」

「だが、あんたは、一つだけ嘘をつきましたよ」

と、秋葉は、微笑した。

「警察へ訴えられない理由として、あんたは、相手が上手《うま》く立ち廻っているので、訴えても信じて貰えないからだといった」

「そのとおりだから、仕方がないじゃないか。さっき見せたみたいな子供の玩具《おもちゃ》で、警察が話を信じてくれると思うかね？」

「いや。だが、テープレコーダーを取りつけたとたんに、相手が、電話を使わなくなったというのは、あまりにタイミングが良すぎる話ですしね。それに、相手は、あんたに、全財産を、慈善事業に寄付しろといってきたんでしょう。そうだとすると、義賊《ぎぞく》気取りのところもあるように見える。そういう男は、堂々と電話をかけてきたり、手紙をよこしたりするものなのですよ。だから、警察に、訴えられないのは、他に理由があるんじゃないですか？」

「――――」

男の顔色が変わった。どうやら図星だったらしい。恐らく、何億とかの財産を作るには、後暗いこともやり、それを、警察に知られるのが嫌《いや》で、秋葉のところに来たに違いない。

「まあ、いいでしょう」

と、秋葉は、また、ニヤッと笑って見せた。

「あんたが警察に行かなかったおかげで、僕のところへ、仕事が廻ってきたわけですからね」

「そうだよ。そう考えて、つまらんことは、詮索《せんさく》せんで欲しい。あんたにやって貰わなきゃならんのは、私を脅《おど》している人間の、正体をつかんでくれることなんだ」

「そのためには、僕にも、知識が必要ですよ。あんたと、あんたの周囲の人間のね。まず、お名前から伺いましょうか」

4

〈川島大三郎《かわしまだいざぶろう》〉

と、男が、差し出した名刺には、書いてあった。大きな名刺で、裏を見ると、ずらりと肩書きが並んでいる。

東京キャバレー連合会副会長
東京特殊浴場連盟理事
川島不動産社長

エトセトラ、エトセトラである。

「ご家族は？」

「そんなことまでも話さなければならんのかね？」

「今のところ、相手は、あんただけを、狙っているように見えます。しかし、あんたの家族を狙わないという保証は、どこにもありませんからね」

「妻と、娘が一人いる。大学一年の娘だ。家内の名前は、文子《ふみこ》。娘のほうは、啓子《けいこ》だ」

「他には？」

「お手伝いが一人に、犬が一匹だ」

「電話の声は、確かに男でしたか？」

「間違いないよ。男だ。だが、鼻でもつまんでしゃべっているのか、不明瞭《ふめいりょう》で、若いのか年とってるのかわからなかった」

「すると、お手伝いさんは、除外出来ますね」

「勿論だ。彼女は、もう七年もうちにいるんだ。信用している」

「敵が多いといいましたね？」

「ああ、私には、沢山《たくさん》敵がいる。味方も多いがね」

「その中で、特にあんたを恨《うら》んでいると思われる人間のリストを、この次に会うときまでに作っておいてくれませんか？」

「この次というのは、いつのことだ？　あと一週間しかないんだぞ」

「あんたは、三日目ごとに、自分の店を廻ることになっているといいましたね。この次に廻るのは、いつです？」

「予定では、明日だが、一日一日と期限が迫ってくると、廻る気にもなれん」

「しかし、明日は、ぜひ、廻って頂きたいですね。いつもと同じように。僕も、お供《とも》をします」

「何故？」

「数字を書いた積木の玩具は、二度とも、店を廻っている間に、コートのポケットに入れられたわけでしょう。だから、僕としては、どんなコースなのか、知りたいのですよ」

「いいだろう。じゃあ、明日の午前九時に、私の家へ来てくれ」

「そのときまでに、さっきいったリストを作っておいて下さい」

と、秋葉はいった。

川島大三郎が、帰ってしまうと、秋葉は、窓のところまで行って、下を見下ろした。

銀色のロールスロイスに、川島が乗り込むところだった。

（資産十億で、ロールスロイスか）

秋葉の口元に、自然に、苦笑が浮かんだ。それから、椅子《いす》に腰を下ろし、長い足を投げ出した。

金は、あるところにはあるものだと思う。この国では、金のない奴と、金のある奴の格差が、ますます広がっていくだろう。何億と持っている人間がいるかと思えば、四畳半のアパートで、うっせきした気持ちを醱酵《はっこう》させている人間もいるのだ。ただ、それだけでなく、マスコミが極度に発達した今は、金のあるほうを勝者として扱い、テレビに、その豪《ごう》壮《そう》な邸宅や、別荘、ヨットなどを映していく。そのほうが、ニュースになるからだ。必然的に、四畳半の人間のほうは、ますます負け犬意識にかりたてられていく。今の社会は、金さえあれば、何でも可能な時代だ。つまり、逆にいえば、金がなければ、何も出来ない時代だということである。

　野心だけがありながら、金のない人間には、我慢《がまん》の出来ない時代でもあるだろう。だから、今度のような事件が起きてもおかしくはないし、金のある人間が、脅迫される事件は、ますます増えそうだ。そうなれば、秋葉の仕事も、増えてくるに違いない。何故なら、今日の客のように、どこか後暗いところのある人間ならば、脅迫されても、警察に保護を頼むのをためらうに違いないからである。

　秋葉は、煙草に火をつけてから、電話に手を伸ばした。

　秋葉には、何人かの部下がいる。いや、正確にいえば、部下というより、情報源といったほうがいいだろう。毎月、いくらかの小遣《こづか》いを与えているだけの人間だが、彼等《かれら》は、キャバレーのボーイだったり、一流会社のOLだったり、仕事は、さまざまだが、共通しているのは、うっせきした気持ちを抱き、何か事件があればと、待ち構えている。ある意味では危険な若者たちだということである。そういう若者たちのほうが、いざというときに、頼りになるのだ。

　秋葉は、メモ帳を見て、新宿《しんじゅく》にあるソープランドのダイヤルを回した。電話口に出た女の子に、

「ボイラーマンの花井《はない》君を呼んでくれないか」

と、頼んだ。

花井は、二十五歳の青年である。大志を抱《いだ》いて、青森《あおもり》から上京したのだが、さまざまな職業についた揚句《あげく》、今は、ソープランドのボイラーマンになっている。この仕事に満足していないことは、そのいらだったようないつもの表情を見れば、誰の眼にも明らかである。

「秋葉だが、ちょっと会いたい」

と、秋葉は、いった。「時間がとれるか？」

「六時に、交代になりますから、それからなら、いつでも」

電話の向こうの声が、はずんでくるのがわかる。

「じゃあ、七時に、新宿のいつもの喫茶店で会おう」

「今度は、どんな事件ですか？」

「それは、会ったときに話すよ」

と、秋葉は電話を切った。

5

新宿の喫茶店には、花井が先に来て待っていた。

きちんと三《み》ツ揃《ぞろ》いの背広を着ている。今は、服装から、相手の職業を判断するのが困難な時代である。

花井の眼が輝いている。彼が、こんな生き生きとした表情をするのは、秋葉と会っているときか、好きな女と寝るときぐらいだろう。

「この男を知っているか？」

と、秋葉は、川島大三郎の名刺を、花井に渡した。

「都内に何軒かソープランドやキャバレーを持っているそうだ」

と、秋葉が説明すると、花井は、説明の途中から、ニヤッと笑った。

「うちの店も、この川島の持ち物ですよ」

「そいつは、面白いな」

「社長が、秋葉さんに、頼みに行ったとすると、ボディガードか何かじゃないんですか？」

「何故、そう思うんだ？」

「敵の多い男ですからね。ずい分、憎まれていますから」

「何故、憎まれているんだ？　商売のやり方が、きたないからか？」

「まあ、そんなところです。店の責任者は、川島の愛人ですよ。川島という男は、愛人を何人も持っていて、それぞれに、店をやらせているそうです」

「三日に一回、全部の店を廻って歩くそうだね？」

「ええ。そのたびに、従業員の一人一人に、もっと働け、もっと稼《かせ》げとハッパをかけていきますよ。あんなに金を持っていても、まだ金が欲しいんですかね。だから、従業員の評判も悪いですよ」

「どんな過去を持った男なんだ？」

「それが、よくわからないんですよ。常《つね》さんというボイラーマンが、おれと二人で働いているんですが、この常さんのいうところによると、川島は、今でこそ、ロールスロイスなんか乗り廻しているが、昭和二十五、六年頃は、新宿の裏通りをチョロチョロ走り廻っていたチンピラヤクザだったそうです。それで今でも、肩のあたりに、安っぽい刺青《いれずみ》が残っているそうですよ」

「その常さんというのは、何故、そんなことを知ってるんだ？」

「何でも、昔、川島と一緒にグレていたことがあるからだそうです。二十年以上も、前のことだそうですがね。川島のほうは、昔のよしみで、拾って使ってやっているんだと、いふらしているそうですが、おれの眼から見ると、安く、こき使っている感じですよ。ところで、仕事というのは、川島のボディガードですか？」

「ちょっと違う。他言は無用だが、何者ともわからない人間、多分、男だが、に、脅迫されているから、相手の正体を調べてくれというんだ」

秋葉が、事情を簡単に説明すると、花井は、眼を輝かせて、聞いていたが、

「面白いですねえ」

と、若者らしい言葉を口にした。

「何が面白いんだ？　川島みたいな男が脅迫されるのが痛快だという意味かい？」

「それもありますがね。相手のやり口ですよ。何百万よこせといったケチな恐喝《きようかつ》じゃなくて、全財産を、慈善事業に寄付しろなんていうのは、痛快じゃありませんか。おれとしては、なんだか、そっちの犯人のほうに味方してやりたい気持ちですね」

「現代の義賊扱いだな」

「自分は、一円も欲しがってないんだから、義賊ですよ」

「まさか、君じゃあるまいな？」

「とんでもない。おれは、もっと俗物《ぞくぶつ》で、金の欲しい人間ですからね」

「それを聞いて、安心したよ」

「それは、どういう意味ですか？」

「正直にいうとね。僕も、話を聞いたとき、君と同じように、現代の義賊という言葉が頭に浮かんだ。だがね。今どき、そんな酔狂《すいきよう》な人間がいるだろうかと、疑い出したんだ。今は、金さえあれば、何でも出来る時代だ。誰だって、金が欲しいはずだ。それなのに、慈善事業に寄付しろと、脅迫するというのが、僕には、少し、お伽話《とぎばなし》めいて聞こえるん

だ」

「じゃあ、秋葉さんは、どう思うんです？」

「今のところ、相手の狙いが、わからないんだ。君は、川島という男は、何億という財産を持ちながら、まだ、いくらでも金を欲しがっているといったね？」

「ええ。その上、ケチですよ。おれたちの給料でもボーナスでも、とにかく、渋いですからねえ」

「そんな男が、殺すぞと脅かされて、全財産を慈善事業に寄付すると思うかね？」

「全然。死んだって、金は出したがらないような男ですよ。だからこそ、秋葉さんのところに、相手を見つけてくれと頼みに行ったんでしょう。とくに、全財産なんていったら、殺されたって、出すもんですか」

「だろうね。犯人だって、そのくらいのことは知っているはずだ。それなのに、何故、全財産を慈善事業に寄付しろなどと、脅迫したのか、それがわからないんだ。つまり、犯人の狙いがわからないというわけだ」

「そうですね。おれは、どうしたらいいんです？」

「常さんという男から、川島の昔のことを、それとなく聞いておいてくれ。それから、明日、僕は、川島大三郎のお供をして、各店を廻るんだが、顔を合わせても、素知《そし》らぬ顔をしていてくれよ」

「心得ています」

花井は、ニッコリとした。秋葉は、封筒に入れた五万円を、相手のポケットに押し込んで、先に店を出た。

6

翌朝、正確に午前九時に、秋葉は、中目黒《なかめぐろ》にある川島の宏壮《こうそう》な邸《やしき》の門をくぐった。

川島は、迎えのロールスロイスが、まだ来ないので、不機嫌《ふきげん》になっていたが、それでも、秋葉を怒らせては渡した百万がふいになると考え直したのか、広い庭を案内してくれたりした。池には、何百匹という鯉《こい》が泳いでいる。川島は、あの緋鯉《ひごい》は、一匹いくらの逸《いっ》品《ぴん》だと、いちいち、自慢げに、秋葉に説明した。

その庭で、細君《さいくん》と娘にも紹介された。

細君が三十代の若さなのは、後妻なのだろう。さして美人ではないが、愛想は良かった。が、大学へ行っている娘のほうは、警戒するような眼で秋葉を見、すぐ、姿をかくしてしまった。どうやら父親を尊敬していないし、父親のまわりの人間も、嫌《きら》いなようだった。

迎えのロールスロイスは、十五、六分ばかりおくれてやって来た。秘書の三十歳くらいの男と運転手は、車が混雑していたのでと、弁明したが、川島は、一分おくれれば、何万円の損だと、口汚く叱《しか》りつけてから、秋葉と一緒に、車に乗り込んだ。

それから、夜の十時近くまで、銀色のロールスロイスは、東京中を走り廻った。

ソープランドでは、帳簿を調査し、ソープ嬢には、それとなく売春を奨励《しょうれい》し、開店直前のキャバレーでは、従業員全員を集めて、もっと稼ぐように訓示し、不動産会社では、日本一の不動産会社にするぞと、ハッパをかけた。

その途中の車の中で、秋葉は、川島から渡されたリストに眼を通した。三人の男の名前と住所、それに簡単な経歴が書いてあった。

森山秀次《もりやまひでつぐ》（五〇）　元キャバレー経営者
平林一郎《ひらばやしいちろう》（六二）　元特殊浴場経営者
園田《そのだ》　光《ひかる》（五七）　元地主

「全部、『元』がついていますね」

と、秋葉は、全店見廻りの仕事が終わったあと、川島に向かって話しかけた。車は川島の持っているキャバレーの一店に逆もどりし、そこの店長室に、秋葉は案内された。

「その三人について、説明しておこう。最初の森山秀次は、実は以前、この店の持ち主だったんだ。だが、私が買い取った。勿論、正当な値段でだ。ところが、その後、生活が上手くいかないものだから、私のせいだと逆恨《さかうら》みしている」

「次の平林一郎も同じケースですか？」

「まあ、そうだ。平林も、店が上手くいかなくて、私に売り渡したくせに、私に逆恨みをして、盛んに、私が、店を欺《だま》し取ったと、いいふらしている。地主の園田も同じケースなんだ。私の不動産会社が、坪《つぼ》十万円で買った彼の土地が、一年で、五倍になった。おかげで私は、儲《もう》けさせて貰ったが、これは商売だよ。それなのに、園田は、自分が丸損したみたいに思って、私を恨んでいるんだ。私に欺されたといってね」

「全員、逆恨みというわけですか」

と、秋葉は、座ってから、煙草を取り出そうとして、変な表情になった。紙片のようなものが、手に触れたのだ。小さく折りたたんだ紙片だった。

秋葉は、煙草をくわえてから、その紙片を広げてみた。

〈悪人に、つまらぬ手助けをするな〉

と、だけ、書いてあった。正確にいえば、それはペンで書いたものではなく、雑誌か何かから、活字を切り抜いて、貼《は》りつけたものだった。

「何だね?」

と、川島が、のぞき込んだ。

秋葉は、黙って、その紙片を見せてから、

「あんたのコートのポケットも調べたほうがいいですね」

「――」

川島は、脱いであったコートをつかみ、ポケットに手を突っ込んだ。再び、彼の手が出て来たとき、その指には、前に見た玩具の文字板がはさんであった。

「6」の数字だった。

「またか」

と、川島は、舌うちした。

「一体、どこで、誰が入れたんだろう?」

「犯人にとって、チャンスは、いくらでもありましたよ。あんたは、店に寄るたびに、コートを脱いだ」

「店の中は、暖房がきいているからな」

「脱いだコートを、あんたは、秘書に預けずに、近くに放り出して、店の従業員の訓示に熱中していた。だから、誰にでも、コートに近づけたはずです」

「そうだ」

「ところで、僕のことを、誰かに話しましたか？」

「家の者には話した。家内や娘が心配していたから、君に犯人を見つけてくれるように頼んだとね」

「他には？」

「秘書の中村《なかむら》にもだ。同行するとき、わけがわからなくては、困るからな」

と、川島は、傍《そば》にいる秘書に向かって顎《あご》をしゃくって見せた。

「それは、昨日、話されたんですね？　僕の事務所から帰ったあとで」

「そうだ。いけなかったかね？」

「いや。別に。他に、僕のことを話した人はいませんか？」

「店の責任者には、一応、明日、秘書以外に一人同行する者がいるが、怪しい者じゃないと、電話でいっておいた」

「ボディガードだといったんじゃありませんか？」

「そういったかもしれん。それが、どうかしたのか？」

「正確なことを知りたいのですよ。昨日、僕が同行することを知らせたのは、奥さんと娘さん。それに、秘書の中村さん。あとは、各店の責任者ということですね。この人たち以外には、話しませんね？」

「ああ、話さん。だが、全店の従業員が、君を見たはずだから、みんな、私が、用心棒みたいな人間を連れているると思ったろうね」

7

秋葉は、翌日、川島の作ったリストの三人に会ってみることにした。

最初は、元キャバレー経営者だという森山秀次だった。この男は、小さな焼鳥屋《やきとりや》の主人になっていた。

「あいつの悪口なら、一日話しても足りないよ」

と、森山は、コップ酒を呷《あお》った。

「最初、笑顔で近づいて来て、店を拡張すべきだと、助言してくれたんだ。金がないというと、五百万という金を、ポンと貸してくれもした。何と親切な男だと思ったよ。私は、その金で、店を大きくした。借りた金は、儲けて返せばいいと思ったんだ」

「それで？」

「客さえくれば、儲かる。だから、がんばった。ところが、駄目《だめ》なんだ」

「何故です？」

「キャバレー商売というのは、いい女の子がいなきゃ成りたたないんだ。だから、売れっ子のホステスの引き抜きが行われるんだが、店を拡げた翌日から、うちの娘《こ》が、やたらに引き抜かれるんだ」

「なるほど。引き抜いたのは、川島大三郎というわけですね？」

「そうだ。向こうは、何億という金を持っているのに、こっちは、借金でやっと店を拡げたばかりだ。引き抜き合戦になったら、勝てやしない。いい娘《こ》を、どんどん引き抜かれて、売り上げは、低下する。そのうちに、借金の返済期限がくる。店が抵当にしてあったから、あっという間に、あいつに乗っ取られてしまった。まるで、店を大きくして、くれてやったようなものよ」

森山は、自嘲《じちょう》して見せた。

「じゃあ、川島を恨んでいますね？」

「最初は、殺してやりたいと思ったさ。だが、もう、そんな気力もなくなった。それに、焼鳥屋も、結構楽しいからね」

「ご家族は？」

「婆《ばあ》さんが一人いるだけだよ」

と、店で働いてる、同年輩ぐらいの女性を指さした。

「それに、私より、可哀そうな男もいるからね」

「平林一郎のことですか？」

「そんな男のことはしらん」

「じゃあ、園田光という人ですか？」

「いや。そんな男もしらん。私のいってるのは、川島の鞄持《かばんも》ちをしている中村という若い男のことだよ」

「秘書の？」

「そうだ」

「何故、あの男が、可哀そうなんです？　川島大三郎の人使いが荒いからですか？」

「そんなことじゃない。あの男の親父も、私同様、キャバレーをやってたんだが、同じ手口で、川島に乗っ取られ、一文なしになって、田舎《いなか》へ引っ込んでしまったからだよ」

「それなのに、何故、息子のほうが、川島の秘書なんかやっているんでしょう？」

「わからんが、川島の娘に惚《ほ》れているというのを聞いたことがある。惚れた弱味《よわみ》というやつだな。それで、親父の仇《かたき》の川島の鞄持ちを、れんめんとしてやっているのかもしれん。だから、可哀そうな男だといったんだ」

「面白い話ですね」

「そうかね」

森山は、ぶっきら棒にいい、また、コップ酒を呷った。

8

次に訪ねたのは、元特殊浴場経営者の平林一郎だった。

六十二歳のこの老人は、水商売の味が忘れられないのか、別のソープランドの人事係をやっていた。いわば、ソープ嬢を探してくる係である。

彼が話してくれたのも、前の森山秀次の話と同じだった。同じようなやり方で、店を乗っ取られたのだ。

「あの男は、相変わらず、あくどいやり方で、店をふやしているようだね。こういうところで働いていると、そんなニュースが、いやでも耳に入ってくるよ」

「この店は、彼の経営じゃありませんね」

「当たり前だ。死んだって、あいつの下でなんか働くものか」

「まだ、彼を憎んでいますね？」

「ああ。殺してやりたいくらいだ。だが、こんな年寄りに、何が出来る？　自分の店をなくしてからは、自分でも、急に老《ふ》け込んだのがわかるよ」

「電話して、脅迫することは出来るでしょう？」

「何のことだね？　それは」

「失礼ですが、家族は？」

「いないよ。息子が一人いるが、結婚して、今、名古屋《なごや》だ」

「本当に、名古屋ですか？」

「何故、そんなことをきくんだ？」

「ひょっとすると、あんたが、刑事事件に巻き込まれるかもしれないからですよ。くわしいことは話せませんがね。あんたを、そんな目にあわせたくないのです」

「よくわからんが、昨日、息子からきた手紙がある」

老人は、封筒を見せた。差出人は、確かに名古屋で、中の文面から、息子であることは明らかだった。礼をいって、その手紙を返してから、

「ところで、今、川島大三郎の秘書をやっている中村という男のことを、よく、ご存じですか？」

「勿論、知ってるさ。あいつは、馬鹿だ」

「父親の店を乗っ取った川島の下で、働いているからですか？」

「そうだ。だから、呼びつけて、怒鳴りつけてやったことがある。そうしたら、どういったと思う？」

「川島の娘に惚れたといったんじゃありませんか」

「そうだ。だから、余計、馬鹿者だというんだ」

「川島の娘のほうは、どうなんです？　同じように彼に惚れているんですか？」

「そんなことまで、私はしらん」

老人は、吐き出すようにいった。

秋葉は、礼をいい、次に、元地主と、川島が書いた園田光を訪ねてみた。

川島は、元地主といったが、園田は、今でも、埼玉に、かなりの土地を持っていた。そのせいか、森山秀次や、平林一郎に比べて、悠然《ゆうぜん》とした表情をしていた。

だが、秋葉が、川島大三郎の名前を口にしたとたん、ペッと唾《つば》を吐いた。

「あの男は、不動産屋じゃない。ペテン師だ」

「しかし、合法的に、土地を売ったわけでしょう」

「法律的にはそうだ。だが、ペテンだったんだ」

「何故です？」

「あいつに売った土地には、鉄道が通ることになっていたのにそれが通らないという噂《うわさ》が流れたんだ。噂だけじゃない。本物の新聞記者が来て、鉄道は、取りやめになったと話した。それを信じて安く売ったら、その記者も、やつとグルだったんだ」

「なるほどね」

「おかげで、何千万の損をした。いや、一億円は、損をしたはずだ」

「じゃあ、川島を憎んでいますね？」

「ああ」

「殺したいくらいに？」

「いや。そんなには、憎んでいないね」

「何故です？」

「実は、川島のやつに欺されたんで、用心深くなってね。あとの土地を、じっと売らずに持っていたんだ。他の地主は、土地の値段が上がるんで、どんどん売ったのにだよ。それがよかったんだな。ここにきて、グンとはね上がった。おかげで、川島に損させられた以上に、儲けさせて貰ったからね」

そういって、園田は、はじめて、ニヤッと笑った。

9

三人の話を聞いて、埼玉から東京に戻ったときには、すでに、暗くなっていた。

東京駅から、タクシーで、自分のマンションのある中野《なかの》まで来たときは、十時に近かった。

マンションの周囲は、住宅地で、冬の十時だと、もう人通りもない。タクシーが大通りから入ってくれないので、降りてから、秋葉は、コートの襟《えり》を立てて、だらだら坂を歩いて行った。

歩きながら、煙草をくわえ、ライターの火をつけようとした秋葉は、急に立ち止まった。

立ち止まって、煙草をくわえたままで、ぐるりと、周囲を見廻した。

「出て来いよ」

と、秋葉は、闇に向かって、落ち着いた声でいった。

「僕に用があるから、この寒いのに、じっと待っててくれたんだろう？」

その声に応じるように、電柱や、物かげから、黒い人影が、一つ、二つと、飛び出して来た。

全部で四人だった。

いや、もう一人、電柱のかげから出て来ない人影があった。その男だけが、黒っぽい鞄を提《さ》げていた。

四人の男は、ぐるりと秋葉を取り囲んだ。

「秋葉さんだね？」

と、一人が、ドスのきいた声でいった。

「ああ」

と、秋葉は、肯いた。

「つまらないことから、手を引いて貰いたいんだがね」

「何のことだね?」

「わかってるはずだよ」

「手は引けないといったら?」

「引くといわせるより仕方がないね」

「その電柱のかげに隠れている男に、金で頼まれたのか?」

「そんなことは、お前さんの知ったことじゃない」

「なるほどね。だが、断わっておくが、僕は、ジュニアミドルで、十回戦を三回やったことのある男だよ。それでもやるかね」

「――――」

秋葉の正面にいた男が、一瞬、ひるんだように、後ずさりした。その瞬間を狙って、秋葉は、飛び込むと、そいつの顎を、思いっきり殴《なぐ》りつけた。

「ぐえッ」

と、悲鳴をあげて、そいつの身体が、地べたに叩《たた》きつけられた。そのときには、秋葉は、もう、素早く、他の三人のほうを、振り向いていた。

「やるかね?」

と、秋葉は、もう一度、声をかけた。三人の男は、黙ったまま身構えている。こういうことには、慣れているという感じの身構え方だった。襲いかかって来ないのは、仲間の一人が、あまりに簡単にのされてしまったのを見て、用心深くなっただけのことだと感じた。その証拠に三人は、逃げる代わりに、じりじりと、少しずつ、秋葉との間合いをせばめて来た。今度は、三人一緒に飛びかかって来る気だ。喧嘩《けんか》なれしたヤクザ者らしい遣《や》り口だ。みんながヤクザを怖《こわ》がるのは、彼等が、いつも群《むれ》をなしているからだ。盛り場で、素人《しろうと》が、ヤクザにやられるのは、喧嘩がはじまったとたんに、さあッと仲間が集まって来て、素人を袋叩きにしてしまうからだ。一対一なら人間の力など、そう違うものではない。

ただ、秋葉の場合は、素人ではなかった。

右端の男に向かって、殴りかかると見せて、とっさに、まん中の男に、飛びかかり、下腹のあたりを、思いっきり殴りつけた。このフェイントが見事に決まって、その男は、けもののような呻《うめ》き声をあげて、身体を二つ折りにして、道路に這《は》いつくばった。

連携《れんけい》が切れれば、ヤクザも弱い。あとの二人が、まごついている間に、秋葉は、倒れた男の頭上を飛び越してから、また、くるりと残りの二人に向かって身構えた。

「まだやるかね？」

と、秋葉は、落ち着いて、同じことをいった。

残った二人の身体から、急速に、戦意が消えていくのが、手に取るようにわかった。無鉄砲なチンピラもいるが、本物のヤクザというのは、勝ち目のない喧嘩はしないものだ。

二人が、目くばせして、後ずさりしていくのを見てから、秋葉は、五人目の男が隠れている電柱を振り返った。が、鞄を持った男の影は、いつの間にか消えてしまっていた。形勢が悪いと見て、いちはやく逃げ出したのだろう。

秋葉は、舌うちをして、電柱のところまで歩いて行った。

ライターをつけて、男のいたあたりを照らしてみた。

何か落ちている。取り上げて見ると、通勤定期だった。まだ、あと二か月あまり有効期間がある。

〈中村俊夫《としお》　三十歳〉

と、名前が書いてあった。

(あの秘書か)

と、秋葉は難しい顔になって呟《つぶや》いた。

10

翌日、昼近くに目覚めた秋葉は、事務所に出かける代わりに、知り合いの女の一人に電話をかけた。

バーのホステスで、遊びの相手でもあり、花井と同じように、秋葉の情報源の一人でもあった。

今、起きたばかりだと、眠そうな声を出す相手へ、

「頼みたいことがある。すぐ、マンションのほうへ来てくれ」

と、命令するようにいって、電話を切った。

一時間近くたって、柴野亜木子《しばのあきこ》は、毛皮のコートを羽織《はお》った格好で、部屋に飛び込んで来た。

「外は、寒いわよォ」

と、大げさに肩をすくめてから、

「こんな昼間から、呼んでくれるなんて、珍しいわね」

といい、部屋のカーテンを閉めようとする。

秋葉は、苦笑して、

「寝るのもいいが、その前に、仕事を頼みたいんだ」

「どんな仕事？」

「君は、事務的な声が出せるか？」

「事務的って、どんな声よ？」

「嫌いな男に、引導《いんどう》を渡すときの声でいい。それでわからなければ、いつもの甘ったれた

声の反対の声だ」

「それで、どうするの？」

「ここへ電話をかけて貰いたい」

秋葉は、川島大三郎の自宅の電話番号を書いて、亜木子に渡した。

「多分、お手伝いさんが出るだろうから、お嬢さんに急用だというんだ」

「まさか、そのお嬢さんというのが、あんたの新しい恋人じゃないでしょうね？」

「ちょっとした美人だが、名前も知らないよ」

「それならいいわ。相手が出たらどうするの？」

「事務的な声で、ここに書いてあるとおり、相手にいって貰えばいい」

秋葉は、あらかじめ書いてあったメモを、亜木子に渡した。

〈こちらは、中野の服部《はっとり》外科ですが、中村俊夫さんという方が、交通事故で運ばれて来ました。しきりに、あなたに会いたがっていますから、至急、おいで下さい〉

「何なの？　これ」

「そのとおり、いってくれればいいんだ。どんな具合かと向こうがきいたら、かなり重体だと答えてくれ」

「この服部外科って、どこかで聞いたような病院ね」

「このマンションのまん前にある病院だよ。早くやってくれ」

亜木子が、電話している間に、秋葉は、隣の部屋から双眼鏡を探し出して来た。

「かけたわよ」

と亜木子がいった。

「反応は、どうだった？」

「だいぶ、びっくりしてたみたい。これからどうするの？」

「これからが賭《か》けさ。彼女がやって来るかどうかね」

秋葉は、窓に行き、双眼鏡を、通りの向こうにある服部外科病院に向けた。丁度《ちょうど》、真正面に病院の入口が見える。

三十分ほどして、まっ赤に塗られたスポーツカーが、病院の前へ止まり、運転して来た若い女が、駈《か》け込んで行くのが見えた。間違いなく、川島の邸で見た娘だった。

そのまま、双眼鏡を向けていると、十分ばかりたって、彼女が、首をひねりながら、出て来るのが見えた。スポーツカーに乗り込みながら、眉《まゆ》をしかめているのは、誰かにかつがれたと気がついたためかもしれない。

スポーツカーが走り去ってしまうと、秋葉は、双眼鏡を、ベッドに放り出した。

「彼女は、やって来たの？」

と、亜木子がきいた。

「来たよ。どうやら、二人の間の愛情は本物らしい」

「あたしだって、あんたが入院したって聞いたら、飛んで行くわよ」

「そいつは、有難《ありがた》いね」

秋葉は、手を伸ばして、亜木子の身体を、背後から抱き寄せた。待ったいたように、彼女は、力を抜いて、身体を持たせかけてきた。

「スカートのホックは、もっと外《はず》しやすくしとけよ」

と、秋葉は、ミニスカートに包まれた彼女のお尻《しり》を、ポンと平手で叩いた。

11

川島の秘書、中村俊夫のマンションは、四《よ》ツ谷《や》駅の近くにあった。六畳一間に、台所と浴室がついた、いわゆる1DKの狭いものだった。

秋葉は、夜おそく、中村が仕事から解放される時刻を見はからって、訪ねてみた。

秋葉が、ドアをノックすると、中村は、ワイシャツ姿で、顔を出した。帰宅したばかりの感じだった。

「何か用ですか?」

と、中村は、無愛想な声できいた。どうやら、秋葉が嫌いな感じだった。

「君の落とし物を拾ったんで、届けに来たのさ」

と、秋葉は、相手に、定期券を放り投げてから、勝手に、ずかずかと上がり込んだ。

石油ストーブが燃え、壁には、本棚が並んでいる。

「文学全集に、詩集か。君は、なかなかロマンチストなんだね」

「あんたに関係のないことだ」

「そうかもしれないが、礼ぐらいは、いって貰いたいね」

「金が欲しいんなら――」

「金か」

と、秋葉は、笑って、

「君は、逆さにふっても金は出そうもない。それよりききたいことがある」

「何だ？」

「川島大三郎をどう思ってる？」

「そんな質問には、答えたくない！」

「だろうね。ところで、定期券は、どうしていたんだ？」

「どうしていたというと？」

「まだ二か月もある定期券を落としたんだから、困ったろうということさ」

「ああ、困ったよ。だから、新しく定期を買ったよ。まさか、あんたが拾ったとは思ってなかったからね」

「その、新しく買った定期を見せて貰えないか？」

「見たって、仕方がないだろう？　他人の定期見たって」

「それが、どうしても見たいんだ。見たら、それで帰る」

「おかしな男だな」

中村は、堅い表情で、投げ出してあるコートのポケットから、新しく買った定期券を取り出した。

秋葉は、ちらりと見ただけで、すぐ返した。

「ありがとう。これで失礼する」

「あんたは、私立探偵か？」

今度は、中村のほうが質問した。秋葉は、答える代わりに、

「そうだったら、どうなるんだ？」

「あんたを雇った人間にいいたいことがあるんだ」

「ほう。どんなことをいいたいんだ？」

「何人、私立探偵を雇って、僕のことを調べたって、無駄《むだ》だといいたいんだ」

「何のことか、よくわからんね」

「とぼけなくたっていい。とにかく、あんたの雇い主に、そう伝えて貰えばいいんだ」

「何のことだかよくわからないが、まあ、考えておくよ」

と、秋葉は、急に難しい顔になっていい、中村の部屋を出た。

そのマンションを出て、大通りでタクシーを拾う間も、その難しい表情は続いていた。が、自分の事務所に帰ったときには、明るい笑顔になっていた。相手が、何をいいたかったか、わかったからである。

翌日から、二日間、秋葉は、わざと、頼まれた仕事を放り出し、依頼人の川島大三郎にも、何の連絡もしなかった。

三日目、とうとう、しびれを切らしたように、川島から、秋葉に、電話がかかってきた。

「全然、報告がないが、一体、どうなったんだ？　相手が、私を殺すといった期限は、あと二日しかないんだぞ。おい、わかっているのか？」

「勿論、わかっていますよ。そのために、百万円貰ったことも、ちゃんと覚えていますよ」

「じゃあ、一体、調査のほうはどうなったんだ？」

「安心して下さい。あんたを脅迫した男の正体はわかりましたから」

「本当か？」

「嘘をついても仕方がないでしょう」

「じゃあ、すぐこちらに来て、報告してくれ」

「こちらというのは、どこの事務所です？」

「事務所じゃない。中目黒の邸のほうだ。家内や娘にも、話してやって欲しい。私が脅迫されるようになってから、一緒になって、心配してくれているからね」

「わかりました。すぐ、伺います」

と秋葉はいった。

12

邸の応接室には、川島大三郎と、後妻と、娘の三人が、秋葉を待ち構えていた。彼が入っていくと、川島が、

「さあ、早く話してくれ」

と、せかした。

秋葉は、わざと、ゆっくり煙草に火をつけてから、

「今度の仕事は、最初、話を伺ったとき、難しくなるような気がしました。何故なら、相手が、川島さんに向かって、全財産を、慈善事業に寄付しろなどという、妙にロマンチックな、別ないい方をすれば、妙に文学青年的な要求をしてきたからです。そこで、川島さんに、最も、自分を憎んでいると思う人間のリストを作って貰いました」

「じゃ、あの三人の中に、犯人がいたのか?」

「いや、あの三人は、調べてみましたが、いずれもシロです。あの人たちには、あんたを脅かすような気力もないし、慈善事業へ寄付しろなどという、気のきいた文句がいえるはずがありません」

「じゃあ、一体、誰なんだ?」

「まあ、落ち着いてゆっくり聞いて下さい。僕は、あんたと一緒に、全部の店を廻りましたね。あのとき、犯人は、僕の服のポケットに警告状を投げ込みました。あれが、いわば、犯人の第一のミスだったのですよ」

「何故だね?」

「恐らく、筆跡をかくすためでしょう。雑誌から切り抜いた活字を貼りつけてあったからです」

「それが何故、犯人のミスになるのかね?」

「即席では出来ない警告状だからですよ。あの警告状は、前もって作ってあったものです。つまり、僕が、あんたと一緒に店を廻ることを、前もって知っている人間に、犯人が限定されてしまうからです」

「それで、君のことを、誰に話したかと、私にきいたんだね?」

「そうです。その結果、まず、家族に話されたと、あんたは、いった。だが、奥さんやお嬢さんが、犯人のはずはありません。電話の相手は、男だそうですし、店を廻るとき、われわれと一緒ではありませんでしたから」

「当たり前だ。家内や、娘が、犯人であってたまるものか」

「次は、各店の責任者です。しかし、どの店の責任者も、女性ですから、これも除外されます。すると、残るのは、秘書の中村俊夫だけです」

「あいつだったのか？　犯人は？」

「彼には、まず、動機があります。彼の父親は、昔、ソープランドをやっていたが、あんたに乗っ取られた形になっています」

「別に、乗っ取ったわけじゃない。経営が下手《へた》だから潰《つぶ》れ、それを、私が買い取った。それだけのことだ」

「それは、僕には、どうでもいいことです。とにかく、中村に、動機があることをいいたかっただけです」

「それで？」

「二月二十一日の夜、僕は、五人の男に、暗がりで待ち伏せされました。つまり、今度は、力で警告しようというわけです。幸い、向こうのほうが弱かったので助かりましたが、その中の一人が、逃げるとき定期券を落として行きました。中村俊夫の名前の書いてある定期券です」

「うむ」

「それに、彼の部屋には、文学書が一杯《いっぱい》並んでいました。彼は、なかなかのロマンチストだと思いましたね。いかにも、義賊めいたことをしそうな」

「すると、私の命を狙った男は、秘書の中村だというんだな？」

「そうです」

「畜生！　恩を仇《あだ》で返しおって、今日中に叩き出してやる。あいつは馘《くび》だ」

「そうですな。ああいう男は、叩き出したほうがいいでしょう」

「よし。決めた」

「では、成功報酬の四百万円を頂きましょうか」

「いいとも」

川島は、急に上機嫌になると、用意してあった封筒を、秋葉の前に差し出した。秋葉は、前のときと同じように、上から触《さわ》っただけで、中身はくわしく調べもせず、内ポケットに入れて、「では」と、立ち上がった。

13

秋葉は、川島邸を出ると、五、六メートル歩いたところで立ち止まり、煙草に火をつけ、しばらく、じっと、夜空を見上げていた。
二、三分すると、川島邸から、あの娘が、秋葉に向かって駈けて来るのが見えた。
「ちょっと待って下さい」

と、娘は、息をはずませて、いった。秋葉は、微笑を浮かべて、相手を見た。

「僕も、あなたを待っていたところです。きっと、追いかけて来るだろうと思ってね」

「何故？」

「立話もなんだから、お茶でも飲みながら話しましょう」

と、秋葉は、彼女を、近くにある喫茶店に誘《さそ》った。ウエイトレスの運んで来たコーヒーには、彼女は、一口も手をつけず、

「あたしは、中村さんが、父の命を狙った犯人だなんて、絶対に信じられないんです」

「僕も同感ですよ」

「何ですって！」

「別に驚くことはないでしょう。同感だといっているだけですよ」

「じゃあ、さっきは、嘘の報告をしたんですか？」

「そうです」

「何故？」

「あなたのお父さんの気に入るような報告をしなければ、礼金を貰えませんからね。商売

の辛《つら》いところです」

　秋葉は、ニヤッと笑ってから、

「まさか、犯人は、あんた自身だと、本当のことをいっても、お父さんは、僕に金を払ってくれたと思いますか？」

「父が犯人？」

「そうです」

「でも、あたしには、わからないわ。何故、父が、自分自身を脅迫するんです？」

「答えは簡単ですよ。中村俊夫を、あなたから引き離すためです。あなたのお父さんは、あなたを、もっと、金持ちのところへ嫁にやりたかったんでしょう。だが、下手に、中村さんを追い払えば、あなたが、家出しかねない。だから、極悪人に仕立てあげて、あなたに諦《あきら》めさせようとしたんです」

「それで、あなたは、金を貰って、父の片棒をかついだの？」

「形としてはね」

「どういうことなんですか」

「僕のいうことを、よく聞いて下さい。今度の事件は、最初から、おかしいと思っていたんです。全財産を、慈善事業に寄付しろなどという脅迫者なんて、話としては面白くても、現実性がありませんからね。そして、あなたのお父さんは、三人の怪しい人物のリストをくれた。ところが、この三人とも、脅迫者になるような元気のない人ばかりだった。恐らく、僕をあの三人に会わせたのは、そのうちの誰かが、中村さんについて、動機があることをしゃべるだろうと、期待したからでしょう。事実、リストの中の二人が、それをしゃべり、僕の疑いは、中村さんに向いた。ところが、川島さんは、やり過ぎた。その夜、五人の男に、僕を襲わせ、その一人は、中村さんの定期券を落として逃げた。そうすれば、僕の中村さんに対する疑いが、決定的になると思ったんでしょう」

「――――」

「ところが、川島さんは、ヘマをやってしまった。つまり、中村さんの定期券を、前もって盗んでおいて、現場に落としておいたからです。慎重にやりすぎたのが失敗でしたね」

「何故？」

「中村さんのところへ、定期券を届けたところ、彼は、すでに、新しい定期券を買っていた。もし、彼が犯人で、定期を落としたのなら、僕を襲った二月二十一日以後に、新しい定期を買ったはずです。ところが、中村さんの新しい定期は、二月十九日からになっているんです。それで、僕は、彼が犯人ではあり得ないと信じたんです。それに、中村さんは、こうもいった。私立探偵に、何度も、いろいろと調べられたと」

「どういうことですの、それ」

「多分、あなたのお父さんが、私立探偵に、中村さんの素行を調査させたんでしょう。つき合っている女でもいたら、それで、あなたに諦めさせられると思ったんでしょう。だが中村さんは、あなた以外の女には、振り向きもしなかった。それで、今度は、非常手段に訴えたというわけです」

「それを知っていて、あなたは、金のために――」

「まあ、待って下さい。確かに、僕は、嘘の報告をした。金のためにね。だが、それが、同時に、中村さんや、あなたのためにもなると思ったからです」

「何故、あたしたちのためになるんです？」

「今のままだったら、中村さんは、駄目になってしまう。あなたが好きだから、いやいや川島さんの秘書をやっているに違いないからです。もう三十歳でしょう。自分のやりたいことをやるべきですよ。川島さんに叩き出されれば、いやでも、独立して、自分で仕事をせざるを得なくなります。多少、ロマンチスト過ぎるところはあるが、あのうるさい川島さんの秘書が務《つと》まったのだから、たいていのことには、音《ね》をあげないはずです。それに、これは、あなたにとっても、いいことだと思ったのですよ」

「どうして？」

「あなたが、どれだけ中村さんを好きかは、あることがあって、僕は知っているのです。ところが、今まで、あなたは、中村さんの胸に飛び込むだけの勇気がなかった。父親の強い反対も理由の一つだったろうし、赤いしゃれたスポーツカーに乗れなくなるのも理由の一つだったかもしれない。だが、今度は、いやでも、あなたは、決心をつけなければならないわけですよ。僕は、あなたに、ふんぎりをつけさせてやりたかった。今の生活に甘んじるか、愛に生きるかのね」

「――――」

「あなたのお父さんは、今頃、喜び勇んで、電話で、中村さんに、お前は馘だと告げているはずですよ。彼を馘にしても、あなたが、家出することがなくなったと思ったからです。そうなると、中村さんは、東京を離れていくかもしれない」

「えッ」

「僕が、あなただったら、これからすぐ、彼の住いへ駈けつけますね」

「――――」

彼女は、黙って立ち上がると、店を出ていった。

秋葉は、煙草を取り出して、ゆっくり火をつけた。彼女が、彼の忠告に従うか、邸に帰り、ぬるま湯の生活に戻るかは、彼女自身の問題である。

秋葉にとって、これで、もう、今度の仕事は、完全に終わったのだ。

危険な男

1

「殺したのは、確かに私だ」

と、その男は、ゆっくりした口調でいった。年齢は四十七、八歳というところだろう。長身で、口ひげと、金縁《きんぶち》の眼鏡《めがね》が、キザに見えないのは、生活そのものが、豊かなのかも知れない。

秋葉京介は、黙って、男のくれた名刺に眼をやった。

〈大日本《だいにほん》産業常務取締役・木島専太郎《きじませんたろう》〉

と、印刷され、会社の電話番号と、自宅のものが並記《へいき》されている。

大日本産業といえば、レジャー産業では大手のほうで、日本全国にゴルフ場を持っていることで知られている。

秋葉は、名刺から眼をあげて、木島専太郎を見た。その切れ長の細い眼を、人によっては、才走って見えるといい、人によっては、怖《こわ》いという。本人の秋葉自身は、それは相手の出方次第だと考えていた。

「それなら、何故《なぜ》、警察に自首しないんです？　僕のようなヤクザな人間の出る幕じゃないでしょう」

「いや、殺したというのは、言葉の綾《あや》だ。本当は、彼女を、死に追いやったというべきなんだ」

「自殺ですか？」

「そうだ。だが、千賀子《ちかこ》は、私が、殺したようなものだ」

「あなたのような人間が参るというと、相当魅力的な女性なんでしょうな？」

「ああ。素晴らしい女だった」

木島は、内ポケットから一枚の写真を取り出して、秋葉の前に置いた。カラーで、和服姿の一人の女が写っていた。二十七、八歳で、細面《ほそおもて》の、確かに美しい女だった。微笑しているのだが、その笑いには、どこかかげりがあった。裏には、二週間前の日付が、書き込んである。

「確かに美しい人だが、自殺なら、僕には関係のない事件だ。あなたの良心が痛むのなら、遺族に金をやるか、それでなければ、教会に行ってザンゲでもしたらどうです」

「そうはいかないんだ」

「何故です？　この太田《おおた》千賀子さんは、自殺したんでしょう？」

「ああ。ガス自殺で、遺書もあった」

「それなら、何故、僕のところへ来たんです？　調べることなんか何もないでしょう？」

「だが、私には、どうしても、彼女の死が信じられないんだ」

「男のセリフは、だいたい同じものですよ」

「そうかも知れんが、私には、どうしても、自殺の理由が、呑《の》み込めんのだ」

「しかし、遺書があったでしょう」

「ああ。あるにはあったんだが」

木島は、のろのろとした動作で、二つに折った白い封筒を取り出した。何も書いてない封筒である。

秋葉京介は、中身を抜き出した。便箋《びんせん》が一枚入っていて、それには、ひどく短い言葉が右端のほうに書かれてあった。


〈もう待てません〉

「これが、遺書ですか」

「そうだ。マンションの管理人が、ガスの臭《にお》いに気付いて、あわてて開けたら、彼女はもう死んでいて、死体の傍《そば》に、それが、封筒に入って置いてあったというのだ。彼女の筆跡に間違いない」

「もう待てないというのは、どういう意味です」

「結婚のことだ。彼女に最初に会ったのが、丁度《ちょうど》一年前だった。私は、その瞬間、彼女に参ってしまった。今の家内との間が、上手《うま》くいっていないこともあってね」

「成程《なるほど》ね。結婚を約束してつき合っていたが、今の奥さんと、なかなか別れられなくて、待たせ続けたというわけですか？」

「そうだ。だが、私は、家内が何といおうと、別れて、千賀子と暮らす気だった。そのためなら、現在の地位を失ってもいいと思っていた。あの日も、千賀子にそういったんだ。彼女も、わかってくれたと思って、安心して別れたんだが、その日の夜、千賀子は、その遺書を残して、ガス自殺してしまったんだ。それが、私には、どうにも、納得できんのだ」

「そのマンションも、あなたが、彼女に買ってやったものですか？」

「ああ。そうだ。彼女は要《い》らないといったのだが、私は、自分の愛の証《あかし》を、そんなことでもして示したかったのでね」

「それで、僕に何を調べさせたいんです？」

「上手く説明できんのだが、千賀子を死に追いやったのが、本当に私なのかどうか、それを知りたい。だからそれを調べて貰《もら》いたい」

「しかし、あなたは、彼女を殺したのは、自分だと、最初にいわれたじゃないですか」

「ああ。今のところ他に考えられんからだ。だが、私の心のどこかに、他に理由があったと思いたいという気持ちが働いているからかも知れない」

「しかし、調べてみて、やはり、自殺の原因が、あなた以外になかったとわかったらどうします?」

「それならそれで、自分自身に納得がいく。今のままでは、一方で、自責の念にかられながら、一方では、ひょっとすると、自分以外のことで、死んだのではないかという疑心暗鬼が消えてくれない」

「しかし、どちらの結果が出ても、結局、あなたは苦しむことになりますよ」

「それは、覚悟している」

「それならいいでしょう。ただし、僕が、どんな男かは、ご存知でしょうね?」

「ああ。聞いた。頭の切れる、秘密を守る私立探偵だとね。だから、頼みに来たんだ」

「他にも、もう一つ、聞いている筈《はず》ですよ」

「そりゃあ、聞いたが——」

「彼は危険な男でもある。そう聞いた筈ですよ」

秋葉京介は、ニコリともしないでいった。

「そりゃあ、聞いたが――」

「それも忘れずにおいて貰いたいですな。普通の私立探偵なら、依頼された事件が、刑事事件だとわかると、すぐ手を引きます。日本の私立探偵は、拳銃《けんじゆう》の携帯を許されていないし、刑事事件に介入することも許されていないからです。そんなことをすれば、間違いなく公務執行妨害で逮捕されるでしょう。だが、僕は、たとえ、刑事事件に引っかかる事態になっても、引き受けたことは、調べます。それが、僕の信条ですからね」

「それは有難い」

「その代わり、あなたが、僕にいったことに嘘《うそ》があった時は、僕は、あなたにとって、間違いなく、危険な男に変わる。僕は、欺《だま》されるのが嫌いですからね」

「私は、嘘はつかん」

木島は、やや蒼《あお》ざめた顔で、誓うようにいった。秋葉は、初めて、微笑した。

「それなら結構です。では、もっと、くわしく話してくれませんか」

2

「何を話せばいい」

「彼女に関する全《すべ》てです。太田千賀子さんの家族は？」

「それが、よくわからないんだ。いや。冗談でいってるわけじゃない。彼女が、家族について、何もいわなかったからだ」

「しかし、今の奥さんと別れて、一緒になろうとまで思った相手でしょう？」

「そうだ。勿論《もちろん》、彼女の家族関係や、過去の男関係についてきいたこともある。当然だろう。好きな女について、いろいろと知りたいと思うのは。だが、彼女は、何故か、そういうことに触れたがらなかったんだ。私のほうにも、なかなか、今の家内と別れられず、彼女を待たせているという弱みがあったので、強くは、聞けなかったんだ」

「成程。じゃあ、どこで、この千賀子さんに会われたんです？」

「私の会社の近くに、プチ・シャトウという喫茶店があるんだが、一年前、そこで偶然、会ったんだ」

「彼女は、そこで働いていたんですか？　それとも、客で来ていて？」

「客で来ていた。奥のテーブルに、ひとりで、ひっそりと腰を下ろしていたんだ。ひどく寂しげに見えた。美しくも見えた。私は、柄《がら》にもなく、その時、彼女に一目惚《ひとめぼ》れしてしまったんだ」

「そして、話しかけた？」

「そうだ。だが、彼女は、相手にならず、すっと立ち上がって、姿を消してしまった。そうなると、おかしなもので、胸の火を逆にかき立てられた恰好《かっこう》になって、彼女に会うために、コーヒーなんか好きでもないのに、その店へ通《かよ》った。一週間目に、彼女の姿を見つけたときは、胸が躍《おど》ったよ」

「この写真のように、和服を着ていたんですか？」

「そうだ。和服のよく似合う女だった。私は必死で彼女を口説《くど》いた。女に対して、自分が、あんなに、謙虚《けんきょ》で、熱心になれるとは、自分でも信じられなかったくらいだ」

「その時、彼女は、何をして食べていたんです？」

「フラワーデザインの仕事をしているといっていた」

「いっていた？」

「私は、西洋生花《いけばな》みたいなものに興味はなかったから、くわしくは聞かなかったんだ。ただ、フラワーデザインの何とかいう団体があって、そこに所属していると聞いたことがある。だが、私は、あのマンションに入れてから、強引に、やめさせようとした。彼女を独占したかったんだ」

「何という団体です？」

「何といったかなあ。日本フラワーデザイン協会だったかな。それとも、日本の上に、新がついていたか。確か、そのどっちかだった筈《はず》だよ」

「彼女は、あなたのいう通り、その団体をやめ、フラワーデザインの仕事もやめたんですか？」

「やめる気にはなっていた。ただ、昔からの仲間で、いろいろと、世話にもなっているから、すぐにはやめられないといった。だが、私と結婚するときには、やめると約束してくれた」

「マンションには、毎日、通っていたんですか？」

「そうしたかったが、私には、愛が消えた家庭でも、家庭がある。だから、毎日というわけにはいかなかった。家内が、ますます、意地になるのも、怖《こわ》かったからだ。だから毎週月、水、金の三日だけ、通っていた。自然に、そうなったんだ」

「他に、彼女についてわかっていることは？」

「彼女は、美しくて、優しかった。私には、それだけで十分だったんだ」

「いいでしょう。じゃあ、マンションの鍵《かぎ》をお借りしましょうか」

「ああ」

木島は、キーホルダーのついた鍵を一つよこした。

「もう一つは管理人に預けてある。あのマンションは、彼女の名義になっているのでね。もし、彼女の家族がいて、その人たちが来た時のためにと思ってね」

3

秋葉京介は、夜の町に出た。夜、それは、秋葉の好きな時間である。勿論、若い時の彼は、さんさんと降りそそぐ太陽が好きだった。いつから、夜のほうが好きになってしまったのか、秋葉自身にも、判然としなくなってしまった。それだけ、昔のことになってしまったということでもあった。

四谷《よつや》にあるマンションに着いたのは、夜の十時に近かった。十二階建のかなり豪華なマンションである。この辺《あた》りなら、２ＤＫクラスでも、千五、六百万はするだろう。そんなにも、木島という男は、太田千賀子という女に参っていたのか。

時間が、時間のせいか、階下にある管理人室は閉まっていた。ずらりと並んだ郵便受の六〇三号室のところに、太田と書いてある。

秋葉は、念のために、その郵便受を開けてみたが、何も入っていなかった。別に落胆もせず、エレベーターで、六階まで上がった。

六〇三号室は、明かりのついた廊下の中ほどにあった。木島から借りた鍵を取り出したが、鍵穴に差し込む前に、何気なく、ノブを回してみると、ドアは、簡単に開いた。中は、暗い。部屋に入ってから、壁のスイッチを探して、明かりをつけた。

３ＤＫの部屋である。居間は、いかにも女性の部屋らしく、柔らかい白色で統一されていた。壁も白なら、ソファも白である。秋葉が、居間のまん中に突っ立って、煙草をくわえ、「さて、どこから調べるか」と、呟《つぶや》いた時、突然、隣室に通じるドアがあいて、若い女が入って来た。

しかも、その女は、右手に拳銃を構えていた。

「あんたは、誰なのよ？」

と、その女は、拳銃の銃口を、秋葉に向けていた。二十四、五歳だろうか。ミニがよく似合う、足のきれいな女だが、大きいサングラスをかけているので、顔立ちは、よくわからない。

秋葉京介は、一瞬、緊張した表情になった。相手が、ひどく緊張しているのを見てとって、和《やわ》らいだ表情に戻《もど》った。

「とにかく、座って話そうじゃないか」

「駄目よ。まず、あたしの質問に答えなさいよ。答えなきゃ、撃つわ。これは、オモチャじゃないんだからね」

「別に、オモチャだとは思っていないさ。しかし、その距離じゃあ、撃っても、まず当たらないな」

「何故よ」

「君は、まだ、人間を撃ったことはないだろう？」

「当たり前じゃないの。あんただってないんでしょう？」

「ところが、僕は撃ったことがある」

「じゃあ、殺し屋なの？」

「殺し屋？」

秋葉は、苦笑し、相手に構わず、ソファに腰を下ろした。どんな会話でも、会話が始まってしまったら、簡単に相手を撃ったり殺したり出来るものではないからだ。

「僕は、昔、刑事だったことがある。遠い昔だ。その時、犯人を追っていて撃った。自分では足を狙《ねら》って撃ったつもりだったが、反動が激しくて銃口が上を向いてしまい、弾丸は、腹を貫通して、即死してしまった。刑事のような専門家でも、狙ったところに、なかなか当たらないものなんだ。だから、君に、僕が撃てる筈がない。そんな物騒《ぶっそう》なものはしまって、静かに話し合おうじゃないか。どうだね？」

「じゃあ、あんたは刑事？」

「刑事だったら、君を、銃器不法所持で逮捕しているよ。今は、金で動くヤクザな人間だ」

「ふーん」

と女は、鼻を鳴らし、自分も向かい合ってソファに腰を下ろすと、形のいい足を組んだ。拳銃は、まだ手に持っていたが、銃口は、もう秋葉に向いていなかった。

「ところで、あんたは、何故、この部屋に、のこのこ入って来たの？　別に泥棒のようでもないけど」

「泥棒は恐れ入ったな。ちゃんと、この部屋の鍵を持っているよ」

秋葉は、キーホルダーのついた鍵を、眼の前で、振って見せた。

「あたしだって、持ってるわ」

女も、ハンドバッグから、鍵を取り出して見せた。

「すると、君は、千賀子さんの妹か、友だちかね？」

「千賀子？　誰よ。それ？」

きょとんとした顔で、女がきいた。秋葉は、肩をすくめた。

「もちろん、この部屋の持ち主で、三日前にガス自殺した女の名前だ。太田千賀子」

「何をいってるのよ。この部屋の持ち主は、カオルじゃないの。確かに、三日前に、ガスで死んじまったけどさ」

「ちょっと待ってくれよ」

秋葉は、じっと、女の顔を見つめた。別に嘘をいっているようには、見えなかった。とすると、一体、これはどういうことなのか。

「カオルというのは、フルネームは、太田カオルかね？」

「そうよ。だから、郵便受に、太田って書いてあるんじゃないの」

「カオルの本名は、千賀子というんじゃないのかね？」

「本名かどうか知らないけどあたしたちは、カオルって、呼んでた。それだけのことよ」

「君のいうカオルというのは、この女かね」

秋葉は、木島に渡された千賀子の写真を、女に見せた。女は、サングラスを、ずらすようにして、その写真を眺《なが》めていたが、

「ああ。この女だよ。でも、どうして、和服なんか着てるのかな？」

「そりゃあ、和服が好きだったからだろう」

「そんなことないさ。カオルは、いつも、ミニかパンタロンを着てたもの」

「どうやら、双児《ふたご》の女がいたのか、それとも、別の名前を持った一人の女がいたのか、どちらかのようだな」

「何をいってるのよ。カオルは、カオルよ」

女は、怒ったような声でいった。

4

「ところで、君は、何のために、ここに来たんだね」

秋葉は、くわえていた煙草に火をつけた。

どうも、会話が喰《く》い違っているが、それが、彼を当惑させると同時に、楽しくさせていた。

「あたしはカオルの友だちだもの。彼女の部屋に来て、いろいろ、思い出にひたっても構わないでしょう？」

「君は、拳銃《けんじゆう》を持たないと、思い出にひたれないのかね？」

秋葉は、苦笑してから、煙草をくわえたまま、立ち上がった。女は、反射的に立ち上がり、また、銃口を秋葉に向けた。

「何処《どこ》へ行くのよ」

「そう神経質になってると、思わず引き金を引いちまうよ。さっきもいったように、僕に当たる確率は少ないが、発射音で間違いなく君は捕まるね。刑務所に行きたくなかったら、そうかっかしないことだな」

「だから、何処へ行くのかいえば、撃ちゃしないわよ」

「君は、ここに住んでいた女が、太田カオルだという。だが、僕の依頼主は、太田千賀子だといっているんでね。どっちが本当か、調べたいんだ」

「調べるまでもないわよ。あたしの友だちのカオルだからこそ、こうして、あたしが、この鍵を持ってるんじゃないの」

「管理人から借りて来たんだろう？」

「冗談じゃないわ。ちゃんと、彼女に貰《もら》ってたのよ」

「そいつは、面白《おもしろ》いな」

秋葉は、女の銃口の前を横切って、隣の寝室に入った。彼女が撃たないだろうという確信があったから、別に怖さはなかった。素性《すじょう》のわからない相手だが、向こうも、こっちが、何をしに来たか知らない筈だ。それを知りたいと思う間は、無闇《むやみ》に撃ちはしないだろう。それに、撃っても、多分当たらないだろうという気もあった。拳銃というやつは、撃つほうも怖いものなのだ。

寝室には、大きな衣裳《いしょう》ダンスがあった。秋葉は、両手で、ぱッと開いてみた。木島の話が本当なら、中は、和風になっていて、着物が、何着も揃《そろ》っている筈なのだ。だが、そこには、派手《はで》な色彩の洋服ばかりが、ずらりと、並んでいた。

（おかしいな）

秋葉は、じっと、眼の前に並んでいる洋服を見つめた。木島は、確か、千賀子は、和服の好きな女で、いつも、和服を着ているといった筈である。

秋葉は、ちょっと考えてから、タンスの下にある引き出しをあけてみた。引き出しは三段になっていたが、そこには、きれいに畳んだ和服が、いく揃《そろ》いも入っていた。

「成程ね」

「何が、何程なのよ」

背後で、女がきいた。

「どうやら、君のいうカオルも、僕が調べている千賀子も、同じ女らしい」

「馬鹿なことをいわないでよ。カオルは、カオルよ」

「君にとっては、そうかも知れん」

秋葉は、豪華なベッドの上に腰を下ろした。

「どうだ？　取り引きをしないかね？」

「取り引き？」

「そうだ。情報の交換だ。君のいう太田カオルは、三日前に、ガス自殺したんだろう？」

「まあ、そうね」

「まあ？　そうか。遺書がなかったんだな」

「何故、知ってるの」

「遺書を見たかったら、こっちの質問に答えて貰いたいな」

「答えろって、一体、何をよ」

「まず、君の名前だ」

「そんなの意味がないじゃないの。あたしが嘘の名前をいったって、あんたには、本名かどうかわからないじゃないの」

「確かにそうだ。君は、なかなか頭がいい」

と、秋葉は苦笑した。

「じゃあ、別のことを聞こう。君の知っている太田カオルは、どんな女だったんだ？」

「美人で、ミニがよく似合ったわ。足がきれいだったから」

「君みたいにというわけか」

「フフ」

と、女は、初めて笑った。いつの間にか、拳銃は、ハンドバッグの中にしまっていた。撃つよりも、取り引きしたほうが賢明だと思ったのかも知れないし、最初から、撃つ気などなかったのかも知れない。

「ところで、彼女は、何をやってたんだ？」

「フラワーデザイン」

「君もか？」

「あたしのことは、喋《しゃべ》らないわよ」

「まあ、いいだろう。このマンションを、誰に買って貰ったか、いっていたかね？」

「自分で買ったといってたわ」

「ほう」

「早く、遺書を見せて頂戴《ちょうだい》よ」

「もう一つ質問に答えたらだ。君は、ここで何を探してたんだ?」

秋葉がきくと、急に、女の表情が嶮《けわ》しくなった。

「あんたに関係のないことよ」

と、吐きすてるようにいい、また、拳銃を取り出して、銃口を、秋葉に向けた。

「さあ、遺書を見せてよ」

「いいだろう」

秋葉は、ポケットから、木島に預かった封筒を取り出して、彼女の前に投げた。女は、それを、拾い、中身を取り出したが、

「これが、彼女の遺書?」

「短すぎるかも知れないが、管理人が、死体の傍《そば》に、それを発見したんだ。彼女の筆跡だろう?」

「そりゃあ、そうだけど」

女は、便箋《びんせん》を、部屋の明かりに、すかすようにした。秋葉は、クスクス笑って、

「スパイごっこじゃあるまいし、すかし文字なんか入っていないよ」

と、いったが、女は、生真面目《きまじめ》な表情を崩さず、ひとしきり、便箋をすかし見ていたが、やっと、諦《あきら》めたらしく、便箋を、封筒に納めた。

「これは、あたしが貰っておくわ」

「何故？」

「だって、これは、きっと、あたしに書いたに違いないんだもの」

「じゃあ、その、もう待てませんという意味ね、当然、わかるんだろうね？」

「もちろん、わかるわよ」

「じゃあ、どういう意味だね」

「あのね、大事な相談があるから、あたしに来てくれって電話して来たのよ。だけど、あたしが、別の用事があったもんだから、行けなかったのよ。きっと、そのことよ」

「君は、嘘をつくと、口元が、ゆがむ癖があるようだね」

「嘘じゃないわよ」

「じゃあ、そうしておいてもいい」

「これで取り引きが終わったんだから、早く帰って貰いたいわね」

「嫌だといえば、ズドンかね？」

「かも知れないわ。あんたは、当たりっこないといったけど、撃ってみなきゃわからないじゃないの」

「面白い人だ」

と、秋葉は笑い、ゆっくり、ベッドから立ち上がった。

「じゃあ、今夜は、ご命令どおり退散しようかな」

彼が、あっさりいうと、女のほうが、かえって、意外そうな表情になった。

「本当に帰るの？」

「帰れといったのは、そっちの筈だよ」

「まさか、出たとたんに、あたしを、警察に売るつもりじゃないでしょうね？」

「警察に来られると都合が悪いのかね？」

「この拳銃よ」

「それなら、安心したらいい。僕は、警察が嫌いだからね」

「でも、昔、刑事だったと、いったじゃないの？」

「嫌いになったから、辞《や》めたんだ」

5

マンションを出た。が、秋葉は、勿論、そのまま帰るつもりはなかった。あの女が出て来たら、後をつける気だった。彼女のいいなりになって見せたのは、拳銃が怖かったからではなく、相手を油断させておきたかったからである。

秋葉が、マンションの近くにある公衆電話ボックスに、かくれようとしたとき、夜の静けさを破って、突然、銃声が聞こえた。マンションの上のほうである。

一瞬、秋葉は、迷ってから、エレベーターに向かって、突進した。六階のボタンを押してから、秋葉は、あっさり引き下がったのは、賢明だったと思っていたのだが、ひょっとすると、逆だったかも知れないと、思い始めていた。

六〇三号室の前には、パジャマ姿の男女が三人、恐る恐る、中をのぞいていた。この階の住人が、今の銃声に驚いて、飛び出して来たのだろう。

秋葉は、わざと、堂々と、「失礼」と、声をかけ、その三人を押しのけるようにして、中に入った。

居間の床に、さっきの女が、血に染って倒れていた。胸から、まだ血が流れていた。が、その顔には、もう、生気がなかった。サングラスは、すっ飛び、若い女の素顔が、むき出しになっていた。美人だが、どこか品のない顔だった。死の瞬間の苦痛のために、ゆがんでいるからかも知れない。

彼女の持っていたハンドバッグが、口を開けて転がっていた。が、拳銃と、秋葉の渡した遺書は、消え失《う》せている。犯人が、持ち去ったのだろう。

「早く警察へ電話したほうがいいね」

と、秋葉は、パジャマ姿でのぞいている三人に、落ち着いた声でいい、ゆっくり、エレベーターに向かって歩いて行った。

明日になれば、新聞が、この事件を、大々的に報道するだろう。そうすれば、警察が、殺された女の身元を調べてくれる。

秋葉が、外に出て、タクシーを拾い、自分のマンションに向かって走り出したとき、反対方向から、けたたましいサイレンを鳴らして走ってくるパトカーと、すれ違った。

「何か、事件らしいな」

と、秋葉は、窶《やつ》れたような声で、運転手にいった。

翌朝、というより、正確にいえば、昼近くに、秋葉は、電話で叩《たた》き起こされた。

「私だ。木島だ」

と、男の声が聞こえた。

「あれは、一体、どういうことなんだ?」

「あれというと?」

「今朝の新聞に出ている殺人事件のことだ」

「ああ。やっぱり、出ていますか」

「まさか、君が殺《や》ったんじゃあるまいな?」

「僕は、人を殺すのはあまり好きじゃありませんよ。特に、若い女性はね」

「何故、あの部屋で、若い女が殺されたんだ?」

「僕も、それを知りたいと思っているんですがね」

「もし、私が、警察に疑われたら?」

「それが、ご心配ですか？」

「勿論だ。私の地位というものを考えれば、心配するのが、当然だろう」

「その点は、大丈夫ですよ。あのマンションは、彼女の名義になっているんでしょう？」

「そりゃあ、そうだが」

「それなら、安心していらっしゃい。それに、警察は、年齢三十五歳、身長一七五センチ、体重七二キロ、眼つきの鋭い、灰色の背広の男を、容疑者として、追いかけるでしょうから、あなたには、眼を向けませんよ」

「その男が、犯人なのか」

「いや」

「じゃあ、何故、そんな男のことを知っているんだ？　誰なんだその男は？」

「僕ですよ」

と、秋葉は、電話に向かって笑い、片手を伸ばして、煙草をくわえ、ライターで火をつけた。

「わざと、あのマンションの住人に、僕の顔を見せておきましたからね。きっと、僕の人相や、服装を、刑事に話している筈です」

「何故、そんな馬鹿《ばか》なことをしたんだ？」

「さあ。何故ですかね。とにかく、あなたから頼まれたことは、調べあげますよ」

「警察に追いかけられたりして、危険なことはないかね？」

「危険は覚悟していますよ。それより、あなたは、カオルという名前を、ご存知ですか？」

「いや、知らん。誰だ？　その女は？　昨夜、千賀子の部屋で殺されていた女の名前か？」

「知らなければ、結構ですよ」

秋葉は、勝手に受話器をおくと、朝刊を取って来て、ベッドに、ゴロリと横になって、社会面を広げて見た。昨夜の事件が、遅い時刻に起こったせいか、報道も簡単だった。

〈自殺した女性の部屋で、謎の若い女の射殺体発見さる〉

それが、見出しだった。太田千賀子さん（二七）が、三日前自殺した部屋で、銃声がしたので、同じ階の者が飛び出てみると、若い女が床に、ピストルで撃たれて死んでいた。この女の身元や、何故、そこで殺されていたのか、まだ不明である。

記事の内容は、大体、そんなものだった。秋葉のことも、少し出ていた。

三十五歳くらいの男が、出て行くのを、住人が見ているというもので、その男の特徴については、書いてなかった。

記事が間に合わなかったか、警察がわざと押さえたのか、秋葉には、わからなかった。夕刊でも、くわしく出ていなかったら、まず、警察が、押さえたと見ていいだろう。

（太田千賀子の部屋と書いてある以上、あのマンションの部屋は、千賀子という名前で、買ったものだし、管理人にも、彼女は、太田千賀子で、通していたのだろう。だが、殺された女は、カオルだと言い張っていた。何故だろう？）

冗談でいっている顔ではなかった。本当に、あの部屋で自殺した女を、太田カオルだと信じている眼だった。もし、あれが冗談だったら、殺されはしなかったろう。

（さて、これからどうするか？）

秋葉は、ベッドから起き上がり、冷蔵庫から、冷たい牛乳を取り出して、のどに流し込んだ。

殺された若い女の身元は、放っておいても、警察が調べあげるだろう。問題は、ガス自殺した太田千賀子が、どうやら、もう一つの顔を持っていたらしいということである。太田カオルという女の顔だ。今のところ、その女は、ミニやパンタロンの好きな女としかわかっていない。そして、同じ女が、木島専太郎に対しては、和服が好きな女としての顔を見せていたのだ。その辺に、自殺の本当の理由がかくされているのかも知れない。

秋葉は、大きく伸びをしてから、ポロシャツ姿で、外へ出た。木島は、千賀子が、フラワーデザイナーだったといった。殺された女も、カオルは、フラワーデザインの仕事をしていたといった。その点では、奇妙に一致しているのだ。

木島は、最初、会社の近くにある、プチ・シャトウという喫茶店で、彼女を見つけて、一日惚れしたのだといった。

まず、そこから始めてみようと、秋葉は歩きながら考えた。

名前のとおり、洒落《しゃれ》てはいるが、小ぢんまりした喫茶店だった。午後二時を過ぎた時間のせいか、客は若いカップルが一組だけである。窓際《まどぎわ》に腰を下ろし、コーヒーを注文してから、大通りの向かい側にある『大日本産業』と看板のかかった八階建のビルに眼をやった。依頼主の木島は、今頃、あのビルの重役室でやきもきしていることだろう。

秋葉は、コーヒーを運んで来たウエイトレスに、太田千賀子の写真を見せて、

「ここに、時々、コーヒーを飲みに来た客なんだが、覚えていないかね？」

と、きいた。若いウエイトレスは、首をひねっていたが、その写真をマスターのところへ持って行った。四十歳ぐらいのマスターは、写真を、秋葉に返しに来てから、

「この方を、お探しなんですか？」

「いや。探してるわけじゃない。もう死んだ人間だからね」

「お亡くなりになったんですか。あの方は」

「あの方というところをみると、覚えているんだね？」

「ええ。きれいな方でしたから、覚えています。一年ほど前、五、六度、お見えになった

だけですが」

「いつも、和服だったかね？」

「そうですね。一度だけ、ミニでしたかね。どちらも、よくお似合いでしたよ」

「来る時間はいつも、決まっていたかね？」

「ええ。だいたい、三時から四時の間でした。店のすいている時間で、いつも、おひとりで、ぽつんと、物思いにふけっていらっしゃるようでした」

「この近くに、フラワーデザインの学校か団体かないかね？」

「この近くにですか？」

マスターは、首をひねっていたが、

「そういえば、ここから、二十分ばかり歩いたところに、フラワーデザインの団体の事務所か何かがあると聞いたことがありますよ」

「この店を出て、右へ歩いて行ったところかね？」

「ええ。今はやりの雑居ビルの中にあるような話でしたが」

マスターは、あまり自信のない顔でいった。秋葉は、礼をいい、店を出ると、大通りを教えられた方面へ歩いて行った。梅雨《つゆ》の晴れ間の暑い陽差《ひざ》しが、照りつけていた。両側に、ビルの多い通りである。雑居ビルも多い。そんなビルにぶつかると、秋葉は、入口にかかっている各階の看板を、丁寧《ていねい》に見ていった。

二十分ばかり歩いたところに、いくつめかの雑居ビルが、あった。そして、入口に並んだ看板の一つに、『新日本フラワーデザイン協会』と書いてある。三階だった。果たして、死んだ太田千賀子が、ここに所属していたかどうかはわからない。が、可能性はありそうだ。このビルの近くにも、喫茶店はあるが、死んだ千賀子が、何か、気をまぎらわせようとして、ブラブラ、あのプチ・シャトウまで歩いたことも十分、考えられるからだ。それに、木島も、彼女が、フラワーデザインの団体に所属していたらしいといっていた。

三階に上がってみると、新日本フラワーデザイン協会は、その階全部を占領しているわけではなく、一つの部屋を使っているに過ぎなかった。新日本フラワーデザイン協会と、金文字で書かれてあるガラスのドアを開けて中に入ると、急に眼の前に色彩が、氾濫《はんらん》した錯覚に落ち込んだような気がした。部屋の壁が、さまざまな色に塗り分けられ、天井《てんじょう》から、造花の束《たば》がぶら下がっていたからだろう。本物の花が見当たらないのに、強烈な香りが漂っているのは、花の香りに似せた香水を使っているのか。

二十坪ぐらいの部屋に、てんでんばらばらの恰好《かっこう》で、数人の男女が、仕事をしていた。二十代から三十代の男女で、着ている服も奇抜なデザインのものが多い。もちろん、和服は一人もいない。

秋葉は、天井からぶら下がっている造花、というより、モビールといったほうがいいだろう、そんなピラピラしたものを、かき分けるようにして、彼等の中で、一番年長に見える男に近づいた。三十五、六歳で、髪の長い、頰《ほお》ひげを生やした男である。キラキラ光るペンダントを胸に下げていた。

「あんた。誰だい」

と、その男は、針金を、花の形にペンチで曲げながら、秋葉を、とがめるように見た。

「秋葉京介。私立探偵だ」

「ほう。そんな仕事が、この日本にも存在したとは驚きだな」

「だから、僕がここにいる」

「そりゃあ、そうだ。それで、何の用？」

「ここに、太田千賀子という女がいた筈なんだがね？」

「太田千賀子、知らないな」

「ここでは、太田カオルといっていたかも知れん」

「ああ。カオル君なら、ここにいたよ。今はもういないが」

「この女かね？」

秋葉は、写真を見せた。男は、ペンチを置いて、それを眺めてから、

「ああ。これが、カオル君だ」

「彼女が、死んだのは、知っているかい」

「死んだ？　そいつは、知らなかったな。急に、顔を見せなくなって、変だなと思ってい

たんだが」

　男は、眼を丸くした。実感がこもっていたが、芝居かも知れなかった。

「君は、新聞を見ないのか？」

「仕事が忙しくてね。ところで、何故、彼女は死んだんだ？　別に病気だった様子もなかったが」

「知りたかったら、古い新聞を読むんだな。ところで、もう一つ聞きたいんだが、ここに、二十五、六の女で、身長は一六〇センチくらい、ミニのよく似合う女はいなかったかね？　昨日まで、ここにいて、今日、来ていない人間の中に」

「いや。会員は、全部、来てるよ。最近、いなくなったのは、カオル君だけだ」

「本当だろうね？」

「こんなことで、嘘をついたって仕方がないだろう」

　男は、笑って、またペンチを取り上げた。

「すると、今、いった女は、本当に知らないんだな」

「うちの会員じゃないな。だが、この間、ここに来た女に似ているね」

「ここに来た？」

　思わず、秋葉の声が大きくなった。

「本当に、ここに来たのか？　いつ？　何しに？」

「半月くらい前だったかな。カオル君のことを、いろいろ聞いていったよ」

「それで、住所を教えたのか」

「ああ。彼女の昔の友だちというもんだから、新しい住所を教えたんだ」

「四谷のマンションか？」

「ああ。そうだ」

「その女は、他に、何を聞いた？」

「丁度《ちょうど》、カオル君がいない時だったんでね。彼女の顔だちや、経歴なんかを、根掘り、葉掘り聞いていったよ。ああ。そうだ——」

「なんだ？」

「さっき、あんたがいったと同じことを、その女もいってたのを思い出したんだ。ええと、チズコだったたっけ？」

「千賀子だ」

「ああそれだ。太田カオル君の本名は、太田千賀子じゃないかとね」

6

「ほう。そいつは、面白いな」

秋葉は、傍にあった椅子《いす》に、またがるような恰好で腰を下ろした。あの女は、自殺した女をカオルだといい続けていたが、本名が、千賀子であることを知っていたのだ。

「それで、何と答えたんだね」

「とにかく、うちには、太田カオルの名前で会員になって、仕事をしている。それが本名かどうか知らんといってやったよ。うちは、才能が問題なんでね。履歴書を提出させて、会員にするわけじゃないからね」

「太田カオルで構わないが、彼女のことで、何か聞いてないかね？　どんなことでもいいんだ」

「それがねえ。カオル君は、妙に、自分のことを、しゃべらない人だったからね」

「最近、恋愛中だったことは知ってたかね？」

「うすうすはね。だが、個人的なことだから聞かなかったよ」

「彼女の過去は、全然、わからなかったのかね？　生まれた場所も、両親や、親戚《しんせき》のことも？」

「ひとつだけ聞いたことがある」

「何だね？」

「彼女は、仕事のとき、いつも、ミニか、パンタロン姿なんだが、時々、和服に着がえて帰るときがあったんだ。それがまたよく似合うんでね。着物がよく似合うのは、京都あたりの生まれじゃないのかって、きいたことがあるんだ」

「それで？」

「そしたら、確か、京都《きようと》じゃなくて、金沢《かなざわ》の生まれだといったのを覚えている。金沢も、北陸の京都だから、似たようなものだと、その時、思ったよ」

「半月前に来た女も、当然、僕と同じことをきいたろうね？」

「いや。写真を見せて、太田カオルは、この女じゃないかと、そればかり、しつこく聞いたよ。それから、カオル君の本名は、千賀子じゃないかとね。もっとも、彼女の持って来た写真は、カオル君には違いなかったが、もっと若い頃のものだったなあ。それに――」

「それに、何だ？」

「あの写真のバックにきれいな雪景色の公園が写っていたが、あれは、金沢の兼六園《けんろくえん》かも知れないなあ」

「成程ね。カオル君には、その女のことを話したんだろう？」

「ああ。翌日、カオル君が来た時に、話したよ」

「それで、彼女の反応は？」

「じっと考え込んでいたみたいだったな。それだけだよ」

「考え込んだか」

「カオル君が死んだというのは、本当なのかね？」

「ああ。本当だよ」

秋葉は、立ち上がり、ぶら下がっている造花を、パチンと指で弾《はじ》いてから、その部屋を出た。

外は、まだ、むし暑かった。何かがわかって来たようでもあり、ますます、わからなくなったような気もする。秋葉は、近くにあった喫茶店に入ると、コーヒーを頼んでから、夕刊を見せて貰った。

例の事件が、朝刊より、ややくわしく出ていた。

だが、殺された女の身元は、まだわからないらしい。その代わりのように、怪《あや》しい男として、秋葉の人相や服装がくわしく出ていて、

〈当局は、目下のところ、この男が、殺人事件の鍵を握るものとみて、探している〉

と、書き加えてあった。

秋葉は、夕刊を置いてから、腕を組んだ。思ったとおりになったわけだが、問題は、警察よりも、犯人の動きにありそうだ。警察に対しては、依頼人の木島が、証人になってくれるだろう。だが、あの若い女を射殺した犯人は、秋葉が、何かを見たと思って、彼を狙《ねら》うかも知れない。

(狙ってくれたほうが面倒くさくなくていいかも知れないが——)

歩きながら、秋葉は、そんな不敵なことを考えた。が、標的にされるのは、彼でも、あ

まり、いい気持ちのものではなかった。それに、守勢に立つのは、好きではない。

（あの女は、太田千賀子のことを、いろいろと聞きながら、生まれ故郷のことは聞こうとしなかったし、金沢の兼六園をバックにして撮ったらしい写真を持っていたという）

ということは、千賀子の過去について、かなりの知識を持っていたということである。

木島専太郎は、死んだ千賀子の現在は知っていたが、過去は知らなかった。殺された女は、その逆だったらしい。もし、あの若い女が殺されずにいて、千賀子の過去を話してくれたら、木島や、新日本フラワーデザイン協会の会員の話とつなぎ合わせて、一つの千賀子像が出来あがったかも知れない。今は、片方の千賀子の姿しかわからないし、それも、かなりあいまいなものだ。

（金沢に行ってみるしかないか）

歩いている中《うち》に、そう考えると、秋葉京介は、すぐ、タクシーを拾い、東京駅に急行した。

金沢に行くには、さまざまな経路がある。どれが一番早いか、時刻表で調べればわかるのだろうが、そういう面倒くさいことは、秋葉は苦手である。ただわかっているのは、飛行機を使えば一番早いが、航空便は、福井《ふくい》までしか行っていないし、それも、午前中に一便しかないということだけである。これは、前に福井に行ったことがあったから覚えていた。鉄道なら、どう行っても、まあ、似たような時間であろう。

秋葉は、新幹線で名古屋《なごや》へ行き、名古屋から、米原《まいばら》に出て、そこから北陸本線に乗りかえる方法をとった。

金沢に着いたのは、その日の深夜であった。その夜は、駅前の小さなホテルに泊まり、翌日、朝食をとってから、金沢の街に出た。

太田千賀子が、この街のどこに住んでいたのか、勿論、秋葉にはわからない。東京に比《くら》べれば、金沢は小さな街だが、それでも、一人の人間の家を見つけ出すには、広い街である。

戦災を受けなかっただけに、犀川《さいかわ》の両側に広がる街並みは、独特の瓦《かわら》屋根が美しい。静かで、清潔感が心地《ここち》良い。が、ここにも近代化の波が、容赦《ようしゃ》なく押し寄せているのが、ところどころに顔をのぞかせていた。街を走っていた市内電車は撤去《てっきょ》され、コンクリートのビルも多くなっている。

秋葉は、まず、金沢警察署に寄ってみた。太田千賀子の名前を出してみたが、わからないという返事だった。無理もなかった。秋葉が知っているのは、彼女の名前だけだからである。これでは、警察も答えようがないだろう。次に、秋葉は、市役所の戸籍係をたずねてみた。

金沢の人は、口数が少ない。北陸人の特徴なのかも知れない。窓口にいたのは、かなりの老人で、こちらの質問に、反応が鈍《にぶ》いので、秋葉は、ここも駄目かとあきらめかけた

が、老人は、しばらく間《ま》を置いてから、

「あの人は、可哀《かわい》そうなお人です」

と、ぼそッとした声でいった。

「あの人？」

と、秋葉は、聞き咎《とが》めて、

「個人的に、太田千賀子さんを知っているんですか？」

「あの人のお父さんと一寸《ちよつと》した知り合いでしてな。もっとも、向こうは、金沢の旧家で、わたしのほうは、貧乏人だったから、小学校の同級生というだけのことに過ぎませんがね」

「太田というのは、ここの旧家ですか」

「はい。大変な地主さんです」

「しかし、可哀そうというのは、どういうことですか？」

「五年前でしたかね。千賀子さんは、婿《むこ》さんをお取りになりましてね」

「彼女は、ここで、結婚していたんですか？」

「ええ。ただ、その結婚が、不幸でしてな」

「ご主人が亡くなったんですか？」

「それなら、まだいいですが、お婿さんが、結婚してすぐ、交通事故にあわれましてなあ。頭を強く打ったのが、原因か、精神がおかしくなられてしまって。そんなことになったのに、千賀子さんの献身ぶりは、評判でした。よく、そんなお婿さんに尽くされたんですが、お婿さんのほうは、千賀子さんのことを覚えていなかったり、殴《なぐ》る蹴《け》るの乱暴を働いたという噂《うわさ》です」

「それに我慢《がまん》しきれなくなって、彼女は、東京に出たということですか?」

「多分、そうでしょう。ところで、さっき、あんたのいわれた、千賀子さんが、死なれたというのは、本当ですか?」

「本当ですよ。彼女が亡くなると、財産は、その精神のおかしい婿さんのものになるわけですか?」

「そうなるでしょうな。ご両親も亡くなられたし、千賀子さんは、ひとり娘でしたから」

「財産は、どのくらいです?」

「ちょっとわかりませんが、この辺も土地が高くなりましたから、億単位なことは確かでしょうな」

「億単位ねえ。それで、その婿さんは、今、どうしています?」

「それが、行方不明《ゆくえふめい》でしてね」

「行方不明?」

「ええ。実は、東京に行った千賀子さんから度々《たびたび》、離婚届が出されているんですよ。ところが、婿さんのほうが行方不明で、その離婚届が、宙に浮いてしまっているんです」

「婿さんの名前は」

「確か、賢次《けんじ》さんです。太田賢次。三十歳」

「行方不明になったのは、いつ頃ですか？」

「それが、妙なことに、千賀子さんが、暗い家庭に堪《た》えられなくなって、一年半前に上京してすぐなんです。それで、婿さんの病気が治って、千賀子さんを探しに東京に行ったんじゃないかという噂も聞いたことがありますが」

「そいつは、面白い」

と、思わず、秋葉がいうと、老人は、何を不謹慎《ふきんしん》なという顔で、彼を睨《にら》んだ。

7

秋葉は、市役所を出ると、タクシーを拾い、老人の教えてくれた太田千賀子の邸《やしき》を訪ねてみた。

犀川に沿《そ》った場所に、広大な塀《へい》をめぐらした屋敷があり、いかにも旧家という感じだった。土地値上がりの激しい最近では、この邸だけでも、売れば大変な金になるだろう。塀に沿って、ひとめぐりしたが、邸の中は、ひっそりと静まりかえっていた。

秋葉は、近くの酒屋で、帰りの汽車の中で飲むためのウイスキーのポケット瓶《びん》を買ってから、邸の主のことを聞いてみた。最初、酒屋のかみさんも、口が重かったが、東京で、太田千賀子と親しかったというと、急に、口が滑《なめ》らかになった。彼女も、千賀子の死を知らなかったのは、東京のニュースには無関心なのだろう。

「千賀子さんも、ずい分、辛抱《しんぼう》なさったと思いますよ」

「婿の賢次さんも行方不明だそうだね?」

「ええ。一年半前から、全然、見ませんねえ」

「病気のほうは治っていたんですか?」

「それは、あたしどもにはわかりません。病院から戻って来られてから、二、三度、お会いしたことがありますが、表面上は、全然、普通の人みたいでしたけど、千賀子さんにはずい分、ひどい仕打ちをしていたようですからねえ。あれでは、お嬢さんが、逃げ出したくなるのが、当然じゃありませんか」

「すると、今、あの邸は、どうなっているんです?」

「さあ、遠い親戚の方が、管理しているということですが」

おかみさんは、首をかしげた。

秋葉は、少しずつ、眼の前が、ひらけてくるのを感じた。それは、彼の廻《まわ》りに、危険が近づいてくることを意味している。

秋葉は、念のために役所に寄って、あの邸が、今、誰の名義になっているかを聞いてみた。この係の老人も、口が重く、今でも、太田千賀子の名義になっているのを聞き出すだけで、かなりの時間がかかった。

「すると、彼女が死ねば、当然、婿の賢次さんのものになるわけですね？」

「ええ。でも、その賢次さんが、目下、行方不明ですので――」

と、係の老人は、重い口調でいった。近くの駐在所に廻って聞いてみたが、ここでも、太田賢次の行方は、わからないという返事だった。

秋葉は、駅前のホテルに戻ると、木島に貰った名刺を取り出し、時計を見てから、大日本産業のほうへ、長距離をかけてみたが、木島は、今日は、休んでいるという返事だった。

仕方なく、自宅にかけてみると、今度は、男の声で、「君は誰だね？」と、きき返された。木島の声ではなかったし、そういう訊問《じんもん》調に、秋葉は覚えがあった。刑事のきき方だ。どうも、何かあったらしい。

「会社の者ですが、何かあったのですか？」

と、秋葉はきいた。

「木島さんは、昨夜、強盗に襲われて、近所の病院に入院した」

相手は、ぶっきら棒にいってから、

「会社には、連絡ずみの筈だぞ。君は、一体誰だ？」

と、あわてた声になった。秋葉は、苦笑して、電話を切った。が、すぐ、難しい顔になると、東京に舞い戻るために、立ち上がっていた。

翌朝には、秋葉は、東京にいた。晴れてはいたが、北陸とでは、空気が違っている。この空気は、人間の欲望のように、重く澱《よど》んでいる感じがする。

秋葉は、タクシーで、木島の自宅近くまで行き、車を降りると、附近の病院を聞いて廻った。三つめの救急指定病院に、木島専太郎は、頭に包帯をぐるぐる巻いて、ベッドに横になっていた。

個室だった。木島は、意外に元気に、秋葉を迎えた。

「これは、一体、どうなっているのかね？　千賀子に買ってやったマンションで、若い女が殺されたと思ったら、今度は、私が強盗に襲われた。これは、関係があるのかね？」

「多分、あるでしょう。ところで、昨夜は、お一人だったんですか？」

「家内は、別れ話が持ち上がってから実家に帰っているから、私一人だった」

「強盗の顔は見たんですか」

「警察にも、しつこく聞かれたんだが、全然覚えていないんだ。とにかく、寝ていたら、書斎のほうで、物音がした。それで、起きて、書斎に入ったとたんに、背後《うしろ》から、殴《なぐ》られたんだから、相手の顔なんか見るひまはないさ」

「書斎に明かりは点《つ》いていましたか？」

「いや。しかし、何となく、明かりがチラチラしていたような気がするな」

「懐中電灯かも知れませんね。それで、盗《と》られたものは？」

「書斎には、もともと、金目《かねめ》のものは、置いてないからね。中古のカメラを盗られただけだよ。警察は、あんたが、死んだのかと思って、あわてて、近くにあった中古カメラを盗って逃げ出したんだろうといっていたがね」

「どうも、偽装工作臭いですねえ」

「というと？」

「流しの犯行に見せかけるために、何でもいいから、持って行ったとしか思えないからですよ。中古のカメラなんか、質屋に持っていっても、たいして金にならんし、ナンバーから足がつきやすいから、普通の泥棒なら手は出さない筈です」

「そうなると、相手は何故？」

「あなたは、死んだ太田千賀子さんから、何か預かりませんでしたか？」

「彼女の死と、今度のことは、関係あるのか？」

「恐らくね。だから、思い出して欲しいんですが。何も、彼女から預かりませんでしたか？」

「一寸《ちょっと》待ってくれ。そういえば、袋に入ったものを預かったことがある。二週間くらい前だ。何だと聞いたら、あたしの大事なものと笑っていたのを覚えている」

「中は見なかったんですか？」

「ああ。私が欲しかったのは、彼女そのものだったからね」

「それは、今、どこにあります？」

「私が、貴重品を預けてある銀行の貸金庫に入っているよ。君は、昨日の強盗が、それを狙って忍び込んだというのかね？」

「多分、間違いないでしょう。ところで、貸金庫の鍵は？」

「いつも、肌身離さず持っているよ。私には、大事な貯金通帳や、株券が入れてあるんでね」

「それは良かった。彼女が預けておいたものが盗られたら、大変なことになるところでした」

「君は、中身を知っているのか？」

「大体、想像はつきます。そのために、一人の女が殺されています。いや、千賀子さんも自殺でないとすれば、二人が殺されたことになる」

「何をいってるんだ。千賀子には、ちゃんと遺書が——」

「あの便箋に書かれた『もう待てません』の文字ですか？」

「そうだ」

「しかし、あの文字は、便箋のまん中ではなく、右端のほうに書かれてありましたよ。ということは、あの言葉は、手紙の書き出しだったのかも知れない」

「しかし、私に何故、手紙を書く必要があるんだ？」

「相手は、あなたではなく、別の人間だったかも知れません」

「誰だ？　千賀子には、私の他に男がいたのか？」

「それは、まだわかりません」

と、秋葉は、わざと誤魔化《ごまか》した。この中年の男の胸の中で、死んだ千賀子の美しさが、まだ生きている以上、彼女の金沢での生活を知らせることもないだろう。それに、彼女が預けたものが何であるかわかれば、自然に、木島にも、事態が呑《の》み込めてくるに違いない。

「ところで、ここに封筒はありませんか。大きめの封筒がいいんですが。なければ、風呂《ふろ》敷《しき》でもいいですが」

「風呂敷ならあるが」

「じゃあ、それを貸して下さい」

秋葉は、紫色の風呂敷を借りると、枕元にあった週刊誌二冊を丁寧に包んだ。

「何をしているんだ？」

「罠《わな》を作っているんです」

「罠?」

「あなたを襲った犯人は、僕の推理に間違いなければ、あなたが、千賀子さんから預かったものを盗もうとしたんです。とすれば、犯人は、この病院を見張っているかも知れない。そして、この風呂敷包みを、僕が大事そうにもって、病院を出れば、この中身が、それかと思うでしょう」

「本物は、もう少し、小さくて、平べったい包みだったが」

「わかっています」

と、秋葉はいった。だが、少し大き目にして、相手に目立つほうがいいだろう。

秋葉は、その風呂敷包みを、大事そうに小脇《こわき》に抱え、「じゃあ、確かに、お預かりしました」と、わざと大声でいって、病院をあとにした。

8

その夜、秋葉は、マンションの部屋のテーブルの上に、例の風呂敷包みを置き、明かりを消して、ベッドに横になった。

枕元のスタンドのコードは、手元まで長くのばし、いつでも明かりが点けられるようにした。

相手が、罠にかかるかどうかはわからない。が、億単位の土地がかかっているとすれば、犯人がやってくる確率のほうが高いとみていいだろう。

午前二時を過ぎた時、ふいに、廊下に足音が聞こえた。

秋葉の背筋を、一瞬、冷たいものが走った。それは、緊張感でもあったし、推理が当ったことへの快感でもあった。

やがて、ドアのノブが、ゆっくりと廻るのがわかった。鍵は、わざと、かけておかなかった。

黒い人影が、部屋に入って来た。その人影は、じっと息を殺し、暗い部屋の中を、すかすようにうかがっていたが、そろそろと、テーブルに近づいた。

その瞬間を待って、秋葉は、いきなり、手元のスイッチを入れた。

サッと、明かりが走り、その中に、背の高い三十五、六歳の男が浮かび上がった。

「やあ。いらっしゃい」

と、秋葉は、その男の硬直した顔に笑いかけた。

「うまく罠にはまってくれたね」

「罠?」

「そうだ。その風呂敷包みの中には、金沢の邸や土地の権利書や、太田千賀子の実印なんかは入っていないよ」

「――――」

「そんな嫌な顔をすることはないだろう。もう観念して、何もかも話すんだな」

「おれの名前は、太田賢次だ。自殺した家内が持っていた土地の権利書は、当然、おれのものだ」

男は、開き直るようないい方をした。「ほう」と、秋葉は、笑った。

「すると、病気は、治ったわけかね？」

「ああ。おかげで治った。だから、当然、おれに、全《すべ》ての権利がある」

「嘘をついちゃいけないなあ」

「何だと？」

「君が本物の太田賢次だったら、千賀子さんが自殺した今、堂々と、土地の権利を主張できる筈だ。彼女は、病気の夫との離婚手続きをしていたが、それは、まだ役所で受理されていないのだからね。それなのに、君は、権利書を手に入れるために、木島を襲い、今夜は、僕のマンションに忍び込んだ。それだけじゃない、君は、女も殺している」

「もう沢山《たくさん》だ！」

男は、急に、顔を赧《あか》くして怒鳴ると、背広の内側から、拳銃を取り出した。

「彼女の権利書を持ってるんなら、さっさと出して貰おうか。嫌だといえば、撃ち殺す」

「あの若い女みたいにかね」

と、秋葉は、平然といい返した。

「その拳銃には、見覚えがある。太田千賀子のマンションで会った若い女が持っていたものだ。あの女は、君の女だったんだろう？」

「権利書を持ってるのか？」

「さあ、どうかな。君が、太田賢次でないことだけは確かだがね。太田賢次は、妻の千賀子が上京したあとを追って、東京に出て来た。君は、彼と、どこかで会い、金沢の土地や邸のことを聞いたんだ。それで、彼を殺して自分のものにする気になった。土地の権利書と実印さえあれば、本人でなくとも、売買はできるからね。そうしておいてから、君は、自分の女を使って、千賀子さんに接触させた。だが、千賀子さんには、新しい恋人ができていた。それであわてた君は、権利書を盗みに、マンションに忍び込んだが、彼女に見つかってしまった。そこで、多分、当て身でもくわせたんだろう。ところが、その時、彼女は、手紙を書きかけていた。夫が、まだ金沢にいると信じていた彼女は、新しい恋人との結婚に入りたくて、一刻も早く、離婚を承知して貰うための手紙を書き出していたんだ。それが、『もう待てません』の文句さ。君は、それを遺書に見せかけ、ガス栓《せん》をひねって逃げたんだ。太田夫婦が死んでしまえば、金沢の土地は、完全に、権利書の持ち主のものになるからね。マンションの鍵は、君の女が、千賀子さんに近づいたとき、上手《うま》く盗んで、どこかで同じものを造っておいたんだろう」

「いうことは、それだけか？」

「もう一つ。千賀子さんの死が、自殺で処理されてしまったあと、君の女が、権利書を探しに、マンションに忍び込んだ。ところが、彼女は、僕を見て、びっくりしてしまった。もし、君が、本物の太田賢次なら、堂々と名乗って出ればいいんだから、その点からも、君がニセモノとわかる」

「あんな、頭のおかしな男に、何億もする土地を与えたって仕方がないからな」

「やっと、本音が出たな。ところが、君は、自分の女も信じられなくなって、射殺した。それとも、独りじめしたくて殺したのか」

「いや。口封じだ」

「成程ねえ。そういえば、あの女は、わりとおしゃべりだったからね」

「ところで、お前さんの口も、封じたほうが良さそうだな」

急に、男の眼が、冷たい色に変わった。秋葉は、相手の気持ちをはぐらかすように、クスクス笑った。

「何がおかしい？」

「僕が、何の用心もせずに、危険な君を、待っていたと思うのかね」

「何がいいたいんだ？」

「僕も私立探偵だよ。隣室には、助手がいて、テープレコーダーを廻している。それにさっきから、天井に仕掛けたカメラが、自動的に、君の写真を撮っているのに気がつかないとは、一寸《ちよつと》うかつじゃないかねえ」

「何だと？」

一瞬、秋葉の嘘につられて、男が上を見た。その瞬間を狙って、秋葉は、枕元にあった灰皿を男めがけて投げつけた。男が、身体をかわした。銃口が上を向く。秋葉の身体が、その隙《すき》を狙って、跳躍《ちようやく》し、男に躍りかかった。

思い切り、殴りつける。

男の身体が、すっ飛んで、壁にぶつかり、激しい音を立てた。

そのあとは、ただ、殴り続けた。拳銃が床に落ち、男の顔が血だらけになって、ぐったりしたところで、秋葉は、手を止めた。

（さて、どちらに先に電話したものか）

と、一寸考えてから、秋葉は、まず、一一〇番のダイヤルを廻した。

そのあとで、ニヤッとしたのは、億単位の土地の権利書を見たとき、木島専太郎が、どんな顔をするだろうかと、考えたからである。

危険なヌード

1

秋葉京介の事務所には、看板も出ていない。

だが、人づてに彼のことを聞いた人々が、やって来て、事件の解決を頼む。それは、秋葉が、どんな危険な仕事でも引き受け、解決してくれるからだ。秋葉が、仕事を引き受けるとき、たった一つしか条件をつけない。それは、依頼者が、彼を裏切らないことである。もし、相手が裏切れば、秋葉はそれが、どんなに地位の高い人間だろうと、容赦《ようしゃ》はしない。それが、秋葉が、自分の仕事に与えた掟《おきて》でもあった。

金のために、危険な仕事を引き受けるのかと、秋葉にきいた者がいる。彼は、黙って笑って答えなかった。成功報酬《ほうしゅう》として、自然に、金は入ってくる。だが、そのために、危険に飛び込むというより、秋葉は、冒険が好きなのだ。もっと具体的にいえば、危険に身をさらした時の、あの、身の引きしまる緊張感が好きなのだ。

　今日も、一人の男が、秋葉の前に腰を下ろしていた。五十歳くらいで、重役タイプの男だった。

「あなたの話を聞く前に、一つだけ断わっておきたい」

　と、秋葉京介は、いつものように、ゆっくりした口調でいった。

「あなたが、自分の名前をいいたくなければいわなくても結構です。ただ、嘘《うそ》だけはつかないで欲しい。僕を欺《だま》せば、その瞬間から、僕はあなたにとって危険な男になる」

「わかりました」

　と、男は、かすれた声でいった。

「私の秘密は、守って頂《いただ》けるのでしょうね？」

「守るといっただけで、信じますか？」

　秋葉は、ニヤッと笑ってから、

「僕を信じれば話せばいい。信じられなければ、帰りなさい」

「いや。信じます」

　と、男は、あわてていった。

「じゃあ、話して頂きましょうか」

　秋葉は長い脚を組み、煙草《たばこ》に火をつけた。男は、一寸《ちよつと》、部屋の中を見廻《みまわ》してから、

「私を助けて頂きたいんです。それも、今月末までにです」

「今月末というと、あと、一週間ですね」

「そうです。無理でしょうか？」

「判断は、話を聞いてから、僕が下します」

と、秋葉はいい、先を促した。

「実は、私は、ある大きな商社の部長をやっています。名前は、勘弁《かんべん》して頂きたい。妻と、高校二年の一人娘がいます。娘と家内は、学校が夏休みなので、北海道の別荘に行っています」

「今月末に、別荘から帰ってくる——？」

「その通りです。それまでに、どうしても、何とかしたい。お願いします」

「奥さんに知られては困ることに、何か巻きこまれたわけですね」

秋葉は、ハンカチで額《ひたい》の汗を拭《ぬぐ》っている相手の顔を、じっと見すえた。一見、興味も感じてないし、冷酷《れいこく》な感じの視線である。

「実は、一か月間、ひとり暮らしになると思った時、柄《がら》にもなく、助平根性《すけべいこんじょう》を起こしまして」

と、相手は、また、ひとしきり、ハンカチを動かした。

「若い女に手を出したが、その女に悪いヒモがついていて、脅迫《きょうはく》されたということですか？」

「まあ、簡単にいえば、そうなんですが——」

「相手がうなずくと、秋葉の口元に、ふっと小さな笑いが浮かんだ。それは、微笑ではない。詰まらない事件だなという苦笑だった。もっとも、大会社の部長だという相手の男にとっては、一大事件だろうが。

「手口を伺《うかが》いましょうか」

「会社で、久しぶりに、一か月間、のうのうと、ひとり暮らしが出来ると話したんです」

「誰にです？」

「私の部局の管理課長です。その時、一寸《ちょっと》、浮気でもしたい心境だなともらしたら、彼が、絶対に安全に楽しめる組織があるというんです。私は酒が駄目で、バーやナイトクラブに行くというのが苦手なものですから、そういうところへ行って発散させられんのです。そんなわけで、私は、彼の話に飛びつきました。彼の話によると、自分も遊んだことがある。とにかく、電話すれば、若くてピチピチした女の子を寄越《よこ》してくれるというんです。秘密も厳守《げんしゅ》してくれるといいました」

「何という名前の会です？」

「『美しき花芯《かしん》の会』というんです」

「なかなか、意味ありげな名前ですな」

「私は、電話しました。電話口に出たのは男の声で、こちらの住所と名前を聞くと、すぐ女を寄越すというんです。入会金その他は、その女に聞いてくれといいました。それに、彼女が気に入らなければ、そのまま返してくれればいい。また、別の女を寄越すというんです」

「それで？」

「正直にいって、私は、碌《ろく》な女は来ないだろうと思っていました。そんなことを、いろいろと聞いていたし、週刊誌なんかで読んでいたからです。若い美人があなたのお相手と書いてあって、実際には、四十歳過ぎの婆さんがやってくるなんて話をです」

「ところが、若い美人がやって来た？」

「何故《なぜ》、わかります？」

「だからこそ、あなたは、引っかかったんでしょう？」

「そのとおりです。凄《すご》い美人が、私のマンションに現われたんです」

2

「まるで、ファッション・モデルのような、若い、美人でした。年齢は二十歳。名前は、自分で、中山麻美子《なかやままみこ》といってましたが、勿論《もちろん》、本当かどうかわかりません。しかし、その時は、そんなことはどうでもよかったのです。とにかく、浮き浮きしました。彼女は、入会金として、『美しき花芯の会』へ五千円を払ってくれ、その他、一日一万円払ってくれれば、何日でも、こちらの希望する日数だけ、一緒に生活してくれるというのです。彼女の話では、一万円のうち、二千円は会のほうに納《おさ》めるということでした。それで、食事もつくってくれるし、勿論、セックスのほうも楽しませてくれるというのです。ええ。食事代は、むろん、こちら持ちですが」

「それにしても、一寸《ちょっと》、上手《うま》すぎる話とは思いませんでしたか？　例《たと》えば、少しきれいな女の子のいるソープランドで、本番となると、たいていは一万円は、ふんだくられる。その上、入浴料もです。それで楽しめるのは、せいぜい二、三十分。そんな時代に、一日一万円で、食事の支度《したく》から、セックスの相手までしてくれる。それも、ファッション・モデルのような若い美人が。少しおかしいと思わなかったのですか？」

「今になってみると、あなたのいわれるとおり少し上手すぎる話でしたが、その時は、有《う》頂天《ちょうてん》になっていたのです。初めての浮気らしい浮気でしたからね。それに、彼女の態度も、事務的じゃなくて、献身的でした。抱き寄せて、唇を合わせると、向こうから、しがみついて、舌をからみ合わせてくるんです。そのまま下に手をやると、もう濡《ぬ》れているんです。私は、そんな彼女に夢中になりました。口やかましい癖《くせ》に、少しも献身的でない家内に比《くら》べて、倍以上の若い美人が、献身的につくしてくれるんですから」

「それで？」

「一週間が、あっという間に過ぎました。古めかしい言い方ですが、バラ色の毎日でした。七日目でしたか、彼女が、私のカメラを見つけて、自分のヌードを撮《と》ってくれないかと頼んだんです。私の趣味といえば、ゴルフと、カメラいじりぐらいですから、カメラの腕には自信はありましたし、現像も、自分で出来るので、すぐ撮ってやりました。一緒に風呂にも入っていたので、私のほうは、殆《ほとん》ど、抵抗がなかったのです。それに、一緒に並んで撮るわけじゃありませんから」

「成程《なるほど》」

「ヌードですから、外で撮るわけにはいきません。全部、マンションの中で撮りました。二十枚撮りのカラーで、三本は撮りました」

「その写真を、彼女は、くれっていったんじゃありませんか？」

「いや。いきなりそういわれたら、私も、少しは、警戒したと思います。しかし、全部、あなたが、持っていてくれというんです。ただ、一枚だけ、大胆すぎるポーズのものがあったから、それは恥ずかしいからくれないかというんです。確かに、そういう写真があったので、一枚だけ、ネガごと、彼女に渡しました。ところが、それが罠《わな》だったんです。翌日、私が、会社から帰ってくると、彼女の姿が見えません。変だなと思っていると、夜中に、男の声で、電話がかかって来ました。買って貰《もら》いたいものがあると」

「古臭い手に引っかかったものですね。それで、写真を送りつけて来たんでしょう?」

「そうです。十万円払わなければ、何枚も焼き増しして、家内と、会社に送りつけるというんです」

「その写真は?」

「これです」

相手は、内ポケットから、一枚のカラー写真を取り出して、秋葉に見せた。場所は応接室らしい。マントルピースの前に、全裸の若い女が、椅子《いす》に腰を下ろし、足を大きく左右に開き、笑いかけているポーズだった。無修整だから、黒い茂みも、はっきりと写っている。男のいうとおり、若く、美人でいい身体をしていた。

「しかし、これには女しか写っていないから、会社へ送りつけられても、関係なしで通らないのですか?　マントルピースのある応接室なんかいくらでもあるでしょう」

「しかし、そのマントルピースの上をよく見て下さい。大きなトロフィーが飾ってあるでしょう。それは、うちの会社でやったゴルフの大会で、私が優勝した時の記念トロフィーなんです。その写真を拡大すると、第五回社内ゴルフ大会優勝記念の字と、社の名前、それに、私の名前も、ちゃんと読めるんです」

「成程ね。それで、相手は、その前でヌードを撮らせたわけですね」

「ええ。そうなんです。とにかく、私は言われるままに十万円払いました。ところが、また焼き増しした写真を送って来て、今度は二十万円を要求して来たんです」

「そして、次は、もっと多額の金額をというわけですか？」

「そうです。五日目ごとに、要求してくるんです。そして、今度は、百万です。それを、明後日《あさって》までに寄越せというんです」

「金は、どうやって渡しているんです？」

「向こうが、電話で、置いておく場所を指定するんです。私が、いわれた通り、車で行き、そこへ包んだ札束を置いて来るわけです。見張っていたり、警察に知らせたら、自動的に、会社と、家内へ写真が送られるというので、私は、犯人の顔を見たこともありません」

「この写真が、会社に送られれば、一寸《ちょっと》した騒ぎにはなるでしょうが、上司からの叱責《しっせき》ぐらいですむんじゃありませんか。今は、ポルノ全盛だし、大商社の部長ともなれば、浮気するぐらい、普通のことでしょう？」

「そうかも知れません。しかし、家内は、絶対に許しません。男として恥をいうようですが、私の家内は、社長の親戚《しんせき》に当たるんです。地方大学出の私が、その大商社で、部長にまでなれたのは、家内のおかげなんです。ですから、それが、私にとって致命傷だということは、おわかりでしょう？」

「まあ、わかりますね。つまり、僕への依頼というのは、誰にも知られずに、この写真のネガを取り戻して欲しいというわけですね？」

「そうです。今度、百万円払ったら、私が自由に出来る金は、あと、五、六十万しか残りません。それでも、向こうは、構わずに要求してくるに決まっています。それに、最初に話した通り、一週間後には、家内と一人娘が、帰ってくるんです。それまでに、ぜひ、お願いします」

「いいでしょう」

と、秋葉はいった。

3

「私は、どうしたらいいんです？」

男が、不安気にきいた。

「あなたは、何もしなくていい。ただ、この写真は、借りますよ」

「ええ。どうぞ」

「では、この裏に、『美しき花芯の会』の電話番号を書いて下さい。それから、その会を、あなたに紹介した管理課長の名前を教えてくれませんか？」

「何故、彼の名前を？」

ね?」

「まさか、あなたは、彼が、犯人の一味だなんて思っていらっしゃるんじゃないでしょう
「必要だからです」

「いや。そんなことは考えていませんよ」

「それならいいんです。いろいろ、噂《うわさ》のある男ですが、優秀な社員ですから。名前は、竹《たけ》内《うち》君です。竹内邦治《くにはる》。年齢は三十七歳だったと思います」

「それから、金ですが、あなたは、あと、五、六十万は、自由になるといいましたね?」

「ええ。それを持って来ました。どうぞ、使って下さい」

と、男は、札束を秋葉の前に置いた。秋葉は、無造作《むぞうさ》にその金を、自分のポケットに放り込んだ。

「これは、相手を罠にかける必要経費です」

「罠といいますと?」

「それは聞かないほうがいいでしょう。とにかく、一週間以内に、あなたのご希望どおりになると約束しますよ」

「お願いします。私が要求されている百万円は、どうしたらいいでしょう?」

「払っておきなさい。そのほうが、相手は警戒しないし、どうせ、僕が、その金は、取り返して差し上げますよ。ただ、その半額の五十万円は、成功報酬として頂きますが」

「この苦しみから逃がれられたら、半額といわず、全額差しあげますよ」

男は、身を乗り出すようにしていい、何度も頭を下げてから帰って行った。

一人になると、秋葉は、五、六分の間、若い女のヌード写真を眺《なが》めた。いくらでも転がっている詰まらない事件のようにも思える。若い女をネタにして、商社の幹部をゆする。それだけの事件の感じでもある。それは、すぐわかるだろう。

秋葉は、事務所を出ると、車に乗り、まず、大手の不動産業者を訪ね、３ＤＫぐらいで豪華な感じのする貸マンションはないかときいた。

原宿《はらじゅく》に、電話付きで３ＬＤＫの部屋が一つ空《あ》いていた。部屋代は八万円だという。秋葉は、その部屋を借りることにした。一週間しか必要のない部屋だが、それでも、保証金とか権利金とかで、四十八万円もふんだくられた。あの男の渡した六十万円は、あと十二万円しか残っていない。

その金で、家具を揃《そろ》えることにした。どうせ、すぐ要《い》らなくなるのだから、全部、月賦《げっぷ》にした。事件が解決し、秋葉が姿を消せば、月賦屋は、ブツブツいいながら、家具を持ちかえるだろう。

一応調度品が揃ったあと、カメラは、秋葉自身のものを持ち込み、トロフィーの代わりに、応接室には、大きな置時計をおき、それに、『第×回誕生記念に。秋子より』と、白エナメルで書き込んだ。

これで、罠は出来た。あとは、相手の出方次第である。

夜になってから、秋葉は、『美しき花芯の会』のダイヤルを回した。

男の声が出た。明らかに、含み声で、自分の声を変えようとしているのがわかって、秋葉は、受話器を握りながら、笑いを嚙《か》み殺した。

「実は、家内が、一週間ばかり、ヨーロッパ旅行に出かけたんでね。鬼の居ぬ間というやつで、息抜きをしたいんだが」

「成程。それで、どなたに、私共のことを、おききになりました？」

相手は、相変わらず、含み声できいた。多分、送話口にハンカチでもかぶせているのだろう。

「ある商事会社の竹内という人からだが、いい女性を世話してくれると聞いたんだ」

「竹内さんですか。それならいいでしょう」

「とにかく、一週間で家内が帰ってくるんでね。それまで、楽しい日を送りたいんだ。わかるだろう？」

「ええ。よくわかります。早速《さっそく》、あなたのご希望に添うように致しましょう」

「本当に、こちらの希望に添ってくれるのかね？　メンスのあがったような婆さんを寄越されても困るんだ。別に、家政婦が欲しいわけじゃないんだから」

「わかってます。わかってます。わたし共の名前にふさわしく、若くて、ピチピチした美人を、差し向けます。金銭的な条件は、彼女から聞いて下さい」

「期待していいんだろうね。ただ面白《おもしろ》おかしく遊ぶだけなら、バーや、ソープランドへ行けばいいんだから」

「いえ、いえ。絶対に、そちらのご期待に添う筈《はず》です。献身的なサービスがモットーですから。ところで、そちらの住所と名前をお聞かせ願えませんか？」

「原宿近くの、ニュー原宿コーポだ。そこの十階の一〇〇三号室。名前は秋葉だ。職業もいうのかね？」

「それは、結構です。わたし共に払って下さるお金さえお持ちならば――」

「その点は、大丈夫だ。義父《おやじ》が地味《じみ》だったものだからね。僕の自由になる金が二億ばかりある。今のところ、何もせずにブラブラしていても、喰《く》っていける身分さ」

「それは結構ですね」

「ただ、一週間後に、ヨーロッパから帰ってくる家内には、絶対に知られたくないんだ。何しろ、二億円の金も、もとは、家内のオヤジのものでね」

「その点は、ご心配なく、こちらを信用して頂きたいと思います」

「今夜、美人を抱いて寝られるんだろうね？」

「ええ。あと三時間もしたら、うちのナンバー・ワンを行かせます」

「現代風に、眼が大きくて、スタイルのいい若い娘《こ》がいいなあ。いわばハーフ的な魅力のあるね」

秋葉は、例の写真を見ながら、女の特徴を並べた。

「それなら、丁度《ちょうど》、ピッタリのがおりますから、さっそく」

「じゃあ、楽しみに待ってるよ」

秋葉は、電話を切ると、月賦屋から運び込ませた真新しいソファの上に、ゆったりと腰を下ろし、改めて、今、回したナンバーを眺めた。三〇九局とあるから、恐らく、世田谷《せたがや》区内であろう。

秋葉は、次に、拡大鏡で、例の写真の優勝トロフィーの部分を観察した。確かに、あの男のいったとおり、文字が刻み込まれていた。

〈第五回社内ゴルフ大会優勝
第一商事海洋開発部長　渡辺常一郎殿〉

と、読めた。

（第一商事か——）

秋葉は、ふと、眉《まゆ》をしかめた。確かに、第一商事なら大商社だ。依頼主の言ったことに間違いはなかったわけだが、そのことに、秋葉は、何か引っかかるものを感じた。だが、明晰《めいせき》な彼の頭脳も、すぐには、それが何なのか解答を出さなかった。秋葉は、ほんの少しの間、いらいらした表情になったが、すぐ、平静に戻り、女を待つ準備を始めた。ヌード写真はかくし、カメラは、わざと、応接室のテーブルの上にのせて置いた。

正確に、三時間後に、玄関のベルが鳴った。

4

ドアを開けると、思ったとおり、写真の女が立っていた。パンタロンに帽子がよく似合っている。ファッション・モデルみたいだといった渡辺常一郎《わたなべじょういちろう》の言葉を思い出した。確かに、あの男のいうとおり、服装のセンスはいい。

「入ってもいい」

と、女が、首をかしげるようにしてきいた。

「ああ、どうぞ」

秋葉は、応接室に、彼女を招じ入れた。女は、ソファに腰を下ろすと、バッグから煙草を取り出した。

秋葉は、素早《すばや》く、ダンヒルのライターで、火をつけてやってから、

「本当に、若くて美人が来たんでびっくりしたよ」

「うちの会は、お客様に嘘をつかないのがモットーなの」

「そいつは立派なもんだ。君を、何と呼んだらいいのかな?」

「中山麻美子」

女は、ニコッとしていい、煙草をくわえたまま、立ち上がって、応接室を、ゆっくり歩き回り始めた。

「いい名前だ」

秋葉は、腰を下ろしたまま、女の背中に声をかけた。

「ありがとう。ところであなたの名前は」

「秋葉京介」

「面白い名前ね」

「面白い」

「時代劇のスターみたいだから」

「成程ね」

「ここにある置時計、奥さんからの贈り物?」

「ああ。そうだ。まだ、婚約中にくれたものさ。そうやって、飾っておかないと、ご機嫌が悪いんでね」

「趣味はカメラ」

「ああ。腕は、わりといいほうだよ」

「それじゃあ、あたしのヌードを撮って貰おうかしら」

「そいつは有難いね」

「肌はきれいだから、写真うつりはいいって言われるわ」

「その肌を、早く拝見したいね」

「あんまりあわてないで。一週間、あなたと一緒に居させて頂くつもりで来たんだから。ただし、ビジネスはビジネスだから、お金は頂きますけど」

「勿論いいとも。何か飲むかね？」

「あたし、あんまり飲めないのよ。ジンフィーズぐらいなら頂くけど」

「Ｏ・Ｋ。作って来よう」

秋葉はダイニングルームに入り、ジンフィーズと、水割を作って、応接室に戻った。

中山麻美子は、帽子をとり、豊かな髪を手で撫《な》ぜるようにしながら、ジンフィーズを受け取った。

「『美しき花芯の会』には、君みたいな美人が、沢山《たくさん》いるのかね？」

秋葉は、ウイスキーの水割を口に運びながらきいた。

「ええ。いるわよ」

「そんな会のマスターになってみたいな。君みたいな若い美人に囲まれて、ご機嫌だろう」

「あんたなら、どんな女だって、喜んで、あのドアをノックするわよ。別に、あんな会のマスターなんかにならなくたって」

「嬉《うれ》しいことをいってくれるね」

「このジンフィーズ、おいしい」

と、彼女は、微笑してから、「ねえ」と、急に甘えた声を出した。

「このカメラ、フィルム入ってるんだったら、すぐ、ヌード撮って貰いたいんだけど」

「そいつは願ったりだが、何故、そんなに急ぐんだ」

「だって、ベッドに入ったあとじゃあ、髪を直したり、お化粧をし直したりしなきゃならないでしょう。だから」

「ふーん」

「あたしってね。一寸露出狂みたいなところがあるのかな。男の人に、裸の写真を撮って貰うのが好きなの。カメラの向こうで、じっと見られてると思うだけで、昂奮《こうふん》するといったほうがいいのかしら」

「そういう性格は、大いに歓迎だね」

「じゃあ、撮って下さる？」

「勿論」

秋葉は、フラッシュの用意をしながら、渡辺常一郎の時よりも、相手は、スピードを早くしているなと思った。確か、あの男の話では、一週間後に、ヌード写真を撮らせた筈である。それを、今度は、最初の日に、撮ってくれという。秋葉のいった二億円に釣られて、早く金を手に入れようとしているのか、それとも、前の成功で味をしめて来て、スピードを早めたのか。どちらかわからないが、ここは、相手の誘いにのって、動いてみるべきだろう。

麻美子は、（と、一応は呼ぶべきだろう）一度、浴室に消えたが、バスタオルを身体《からだ》に巻いただけの姿で戻って来た。

「きれいに撮ってね」

彼女は、カメラの前に立ち、ゆっくりとタオルを下に落とした。きれいな身体がむき出しになった。彼女の顔が、ほんのりと、上気《じょうき》したように赧《あか》らんでいた。

「きれいな身体をしているね」

「どうも、ありがとう」

「どこで、撮ろうか？」

「そうねえ」

と、彼女は、一寸考えていたが、秋葉の予想した通り、

「この置時計の傍《そば》なんかいいんじゃない」

と、いった。

最初は、置時計を片手で抱えるような、平凡なポーズで何枚か撮っていたが、秋葉が、

「フィルムはあと一枚」というと、彼女は、今までの大人《おとな》しいポーズから、急に、両足を大きく広げ、上半身をのけぞらせるような、大胆なポーズをとった。

（計画どおりというわけか）

と、秋葉は思いながら、シャッターを押した。そのまま、彼は、カメラをソファに置くと、ポーズを崩した麻美子に近づいて、いきなり抱き寄せた。
二、三十分、裸でポーズをとっていたのに、彼女の肌は、熱く火照《ほて》っていた。唇を合わせると、彼女が眼を閉じて、彼の背中に手を回した。キッスしたまま、秋葉の右手が、乳首に触れると、彼女は、眼を閉じたまま、小さくあえぐ。秋葉が、そのまま指先を下に伸ばしていくと、女の恥部は、もう完全に濡《ぬ》れていた。指先で、軽く愛撫《あいぶ》してやると、女は眉を寄せて、太股《ふともも》の力を抜いていったが、
「ベッドへ連れてって――」

と、ささやいた。

5

麻美子は、感じやすい体質らしく、指での愛撫のあと、頃合《ころあい》を見はからって挿入すると、すぐ、激しくあえぎ始め、やがて、身体全体をけいれんさせ、終わったあとも、そのふるえは、なかなか止まらなかった。その間、裸の秋葉の背中に、じっと爪《つめ》を立てていた。

身体のふるえが止まると、彼女は、急に、はずかしそうに顔をそむけ、バスタオルを裸身に巻いて、浴室に駆け込んで行った。

すぐ、シャワーの音が聞こえた。

かなり長くシャワーを浴びているようだったが、さっぱりした顔で戻って来ると、裸の身体を、ベッドにもぐり込ませ、俯《うつぶ》せになると、煙草をくわえた。

「さっきの写真、すぐ現像して下さらないかしら。どんな風に撮れてるか、興味があるの」

「いいとも。どうせ毎日、ひまを持て余しているんだ。明日、起きたらすぐ、現像してみよう」

「ありがとう」

麻美子は、軽く、唇を重ねてきた。どうやら、予想どおり、事態は進行しているようだ。

翌朝、遅く、秋葉が目覚めると、ダイニングキッチンのほうで、音がしていた。彼が眼をこすりながら、ベッドから起き上がると、彼女が、寝室に顔をのぞかせた。

「朝食の仕度《したく》が出来ましたわ。ご主人さま」

彼女が、おどけていった。

ダイニングテーブルには、きれいな朝食が並んでいる。味も悪くなかった。

「料理の腕も、たいしたものだ」

「それなら、昨夜《ゆうべ》、約束したとおり、写真を早く焼きつけて見せて」

「いいとも」

秋葉は、朝食をすませると、すぐ、現像と焼付けの仕事を始めた。彼の仕事柄《がら》、お手のものである。

焼付けの終わったカラー写真を、麻美子の前に並べて見せると、案《あん》の定《じょう》、一番最後の写真を見て、

「これ、一寸、はずかしいわ」

と、彼女がいった。

「他の写真は、あなたに差し上げるけど、これだけは、返して下さらない。ネガも。こん

なポーズの写真を持っていられると、あなたに、いつも裸を見られているような気がして」

「まあ、いいさ。少しばかり惜《お》しいがね」

秋葉が、ネガごと渡すと、彼女は、それを自分のハンドバッグにしまった。

夕方になると、麻美子は、

「これから、マスターに、お金を渡して来なきゃならないのよ」

「入会金五千円か」

「ええ」

「そのまま、もう来てくれないなんてことはないだろうね。僕は、君が気に入ったんだ」

「勿論、マスターにお金を渡したら、すぐ戻って来ます。それが、ビジネスですもの」

麻美子は、秋葉を安心させるように笑って見せると、五千円を受け取って、部屋を出て行った。

彼女の姿が消えたとたん、秋葉は、行動を開始した。相手が罠にかかったかどうか、調べてみなければならない。

た。

6

秋葉は、カメラと、新しいフィルムを持って、部屋を出ると、エレベーターに飛び乗った。

地下の駐車場におりると、すぐ、車をスタートさせた。

麻美子は、まだ、マンションの前を歩いていた。百メートルほど歩くと、そこにあった公衆電話ボックスに入った。

秋葉は、車を止め、電話をかけている彼女を見張りながら、カメラにフィルムを入れ、望遠レンズにつけかえた。暗くなり始めたので、フィルムは、超高感度の白黒である。

麻美子の電話は、かなり長い。恐らく、会のほうへ、新しい獲物が引っかかったことを、報告しているのだろう。

十分近くたって、彼女は、電話ボックスを出てくると、さらりと、腕時計に眼をやってから、手をあげて、タクシーを止めた。

（いよいよ、尾行の始まりか）

秋葉は、カメラを助手席に放り出して、車をスタートさせた。

彼女の乗ったタクシーは、初台《はつだい》のあたりから甲州《こうしゅう》街道に出て、西に向かった。今、丁《ちょう》度《ど》、高速道路の建設中で、道路は混雑している。秋葉には、そのほうがつけやすかった。相手のタクシーが、スピードを出せないからだ。

明大前《めいだいまえ》を過ぎ、烏山《からすやま》の近くで、右に折れた。この辺《あた》りも、住宅やマンションが、続々と建っている。

タクシーは、そのマンションの一つの前で止まった。

五階建の小さなマンションである。

秋葉は、離れた場所で車を止め、タクシーからおりて、そのビルに入って行く麻美子に向かって、望遠レンズつきのカメラを向けて、シャッターを切った。

やがて、五階の角《かど》部屋の明かりがついた。五階建のビルということから考えて、エレベーターはあるまい。とすると、時間からみて、今、明かりのついた角部屋に、麻美子が入った可能性が強い。

(しかし、そうだとすると、今、明かりをつけたということは、どういうことなのか)

『美しき花芯の会』のマスターなり、他の女なりがいれば、当然、部屋の明かりがついていていい時間である。それが、ついていなかったということは、誰もいなかったということになる。

だが、原宿で、彼女は電話をかけていた。とすると、マスターは、そのあと、例の写真を焼増しする印画紙でも置いて出かけたのか。

秋葉は、しばらく、車の中で様子をみることにした。『美しき花芯の会』が、このマンションにあることは、はっきりした。彼の勘《かん》に間違いがなければ、今、明かりのついた五階の角の部屋だろう。

今、踏み込むことは簡単だ。たとえ、マスターがいたとしても、殴り倒すぐらいの自信はある。ただ問題は、あの部屋に、目的の、渡辺常一郎が撮ったネガがあるかどうかということである。もし、向こうが用心深い人間で、ネガだけは、別の場所にかくしてあることも考えられるし、他の仲間がいないとも限らない。とにかく、慎重を期す必要がある。

五、六分してタクシーが止まり、一人の男がおりた。三十五、六の男である。勿論、『美しき花芯の会』のマスターか、他の部屋の住人かはわからなかったが、秋葉は、その男に向かって、カメラのシャッターを押した。とにかく、マンションに入る人間は、全部、写真に撮るつもりだった。

またしばらくしてタクシーが止まり、今度は、若い女がおりた。それも、カメラに撮った。歩いて、マンションに来た人間もである。

およそ、一時間ほどして、角部屋の明かりが急に消えた。秋葉は緊張する。

やがて、入口の明かりの中に、中山麻美子と男が手を組んで現われた。さっきの三十五、六歳の男だ。ひどく親しげに話している。

(あの男が、マスターなのか)

秋葉は、二人に向かって、何度かシャッターを切った。

二人は、マンションの横にある駐車場に入ると、アイボリー・ホワイトのスポーツ・カーに乗り込んだ。運転するのは、彼女のほうらしい。男は、そんな彼女の肩に手をかけて、楽しそうに笑っている。

スポーツ・カーは、秋葉の車のほうに向かって走って来た。秋葉は、運転席で首をちぢめてやり過ごしたが、車のナンバーだけは、確認した。

明日にでも、陸運局にいる友人に調べて貰えば、持ち主は、すぐわかるだろう。

（さて、どうするか）

あのスポーツ・カーを追いかけるには、Uターンしなければならないし、すでに、アイボリー・ホワイトの車体は、夜の闇《やみ》の中に消えてしまっていた。

秋葉は、車をおりると、二人の出て来たマンションに入って行った。

『白雲《しらくも》コーポ』というのが、そのマンションの名前だった。

入口のところに、ずらりと郵便受が並んでいるが、『美しき花芯の会』の名前も、『中山麻美子』の名前もなかった。もっぱら、連絡は、電話でやっているらしい。

秋葉は、管理人室のガラス戸をノックした。

顔を出したのは、四十歳ぐらいの太った女である。

秋葉は、いきなり、その女の手に千円札を握らせた。アメリカ映画なんかでは、私立探偵がドル紙幣《しへい》を、相手にちらつかせて聞くシーンがあるが、日本では、先につかませてしまったほうが効果がある。日本人というやつは、義理にしばられやすいからである。千円でも義理は義理だ。

「この女の住んでいる部屋を教えてくれないか」

と、秋葉は、麻美子のヌード写真の一枚を相手に見せた。

管理人は、「へえ」と、声に出して、ヌード写真を見ていたが、

「あの人、モデルさんだったんですか？」

「まあね。確か中山という名前の筈なんだが」

「いやですよ。中山じゃなく、山中《やまなか》さんですよ」

「山中か」

と、秋葉は、苦笑した。ずい分単純な偽名《ぎめい》を作ったものである。

「五階ですよ、部屋は」

「五階の角部屋か？」

「ええ。五〇一号室です」

「どうも」

秋葉は、礼をいい、狭い階段を上がって行った。

五〇一号室は、勿論、鍵がかかっていた。ドアには、何の名前も書いてない。秋葉は、

それが、セミオートドアなのを確かめてから、ポケットのドライバーを取り出した。こじあけている最中に、相手が帰って来たとしても、警察は呼べない筈だという安心感があった。

セミオートドアというものは、意外に簡単にこじ開けられるものである。五、六分でドアは開き、秋葉は、部屋の中に身体を滑り込ませた。明かりをつけると、タテに細長い2DKの部屋で、窓側の六畳には、応接三点セットがおいてあるが、中間の四畳半は、押入れを作り直して、暗室になっていた。

（妙だな）

と、思ったのは、スケジュールを書いた黒板や、事務机や、帳簿類が、どこにも見当らなかったことである。暗室の設備だけは、立派なものだったが。

（とすると、『美しき花芯の会』というのは、最初から恐喝《きようかつ》だけを目的とした会のようだな。だから、普通のコール・ガール組織のように、スケジュール表も、事務机も、帳簿もないのだろう。そして、恐喝に使う写真を焼増ししたり、時には現像したりする暗室だけは、金をかけて立派なものを作っているのだろう）

応接室にある電話には、例のナンバーが書いてあった。ここが、『美しき花芯の会』であることは間違いない。

秋葉は、暗室に入ってみた。赤い照明の中に、現像液特有の臭《にお》いが鼻につく。彼は、暗室の中で、渡辺常一郎が撮った例の写真のネガを探した。いろいろなネガがあって、全《すべ》てが、彼女のものだったが、問題のネガだけは見つからなかった。暗室を出て、タンスの引出しなども調べてみたが、そこにもない。最後に、応接セットのソファの下を調べてみた。背もたれを倒すと、そのままベッドになるやつである。

這《は》いつくばるような姿勢で手を入れると、木箱に触れた。引きずり出して、ふたを取ると封筒がいくつか入っていたが、郵便に使われたものではなく、表紙のところに、男の名前が書いてあるだけである。秋葉は、その中で、『渡辺常一郎の分』と書いてある封筒をあけてみた。

例の写真のネガと、焼増ししたものが三枚入っていた。

思わず、ニヤッとした。一瞬、気を許したのが失敗だった。動物的な勘があると自任している秋葉が、背後に近づいてくる人の気配に気がつかなかった。

何となく、空気の乱れのようなものを感じて、秋葉が、その封筒を内ポケットに入れて立ち上がろうとした時、最初の一撃が、彼の後頭部を襲った。

激痛が彼を襲い、気を失いながらも、秋葉は、眼の隅《すみ》で、相手の黒っぽいズボンの裾《すそ》を見た。

（男か――）

そう思ったが、次の瞬間、秋葉は、気を失っていた。

7

気がついた時、秋葉は、自分が、さっきと同じところに倒れているのがわかった。明かりもついたままだ。ズキズキする頭に手をやって、顔をしかめながら、腕時計に眼をやった。

もう深夜に近い。とすると、少なくとも二時間は、気を失っていたことになる。

秋葉は、ソファに手をかけて立ち上がると、内ポケットに手をやった。例の封筒は消《う》せていた。封筒の入っていた木箱もである。その上、渡辺常一郎から預かった写真もなくなっていた。

だが、秋葉は別に、動揺の色は見せなかった。二時間も気絶していたら、犯人が、あれを持ち去っていくのは当然のことだからだ。

(問題は、道路に止めてある車のほうだ)

秋葉は、洗面所で、冷たい水で顔を洗ってから、マンションを出た。車は、わざと、離れた位置に止めておいた。相手が、それに気付かなければ、望遠レンズで撮ったフィルムは無事だろう。あれさえ無事なら、『美しき花芯の会』のマスターの顔も、バッチリつかんでいる。そうなれば、あとは、どうにかなるだろう。渡辺常一郎と約束した期日までには、あと丸五日間あるのだ。

百メートルほど離れた場所に止めてあった車に戻ると、助手席のカメラは、そのままになっていた。中のフィルムが抜き去られた様子もない。自然に、秋葉の頰《ほお》がほころんだ。

これなら何とかなるだろう。

しかし、原宿のマンションに帰り、自分の部屋まで来て、秋葉の顔が険《けわ》しくなった。ドアの鍵《かぎ》が開いているのだ。先の尖《とが》った鉄棒を無理にドアの隙間《すきま》にこじ入れ、強引に開けたらしく、錠の凸《と》部分がひん曲がっている。あまり鮮《あざ》やかなお手並みとはいえないが、誰かが、ドアを開けて中に入ったことだけは確かだった。

ゆっくりと、用心深く中に入って、スイッチを入れたが人の気配はなかった。

(しかし、借りて間もないこの部屋に、犯人は、何のために入ったのだろうか)

洋服ダンスも、一応は置いてあるが、中身は空《から》なのだ。カメラは彼が持って行ってあったし、残る調度品は、大きなものばかりで、盗めるものはない筈だ。と考えて来て、急に、あれか、と気がついた。

押入れをあけた。案の定、彼女のヌード写真が、一枚残らず失《な》くなっていた。

『美しき花芯の会』というのが、何人で構成されているのかはわからない。だが、あのマンションに、秋葉が忍び込んだのを見て、彼等《かれら》は、急に警戒を強めたのだろう。或《あ》いは、秋葉を、警察の人間と思ったのかも知れない。それで、あわてて、証拠となる写真を全部回収することにしたのか。

秋葉は、ソファにもたれて、煙草に火をつけた。また、殴られた後頭部が痛み出してきた。どうも、スパナか何かで殴られたらしい。

煙草を一本吸い終わると、秋葉は、冷静な表情になって、カメラからフィルムを巻きとると、現像作業に取りかかった。時間をかけて、慎重に、引き伸ばして焼きつける。やがて、若い男と、彼女の並んだ写真、男だけの写真、それに、スポーツ・カーに乗った二人の写真などが、現像液の中で、浮かび上がってきた。

銀ぶちの眼鏡をかけた若い男の顔が、はっきりとわかる写真になった。若いといっても三十五、六歳だろう。きちんと背広を着ている。白黒フィルムなので、洋服の色はわからないが、彼が見た限りでは、黒っぽい背広だった。とすると、秋葉を殴り倒したのは、やはり、この男なのか。

秋葉は、腕時計を見てから、もう一度、『美しき花芯の会』の電話番号を回してみた。すでに、午前零時《れい》をすぎていたが、相手が出る気配はなかった。用心深く、他へ逃げてしまったのか、いても、電話に出ないのかわからないが、秋葉は、受話器を置くと、ベッドに寝転《ねころ》んだ。まだ、あの女の匂《にお》いが残っていたが、秋葉は、眼を閉じ、すぐ、眠りに入った。とにかく、勝負は明日だ。

8

翌日、秋葉は、第一商事に電話し、海洋開発部長の渡辺常一郎を呼び出して貰った。こちらが、「秋葉です」というと、相手は、びっくりした様子で、

「何故、私の名前がわかりました？　会社の名前も、私の名前もいわなかった筈ですが」

「いや。あなたが教えてくれたんですよ」

「そんな覚えはないが、まあ、わかってしまったものはいいでしょう。ところで、私のお願いしたことの目算《もくさん》はつきましたか？」

「少しはね。それで、今日、僕の借りたマンションへ来て頂きたい。場所は原宿。名前はニュー原宿コーポの一〇〇三号室です」

「社の仕事が終わったら参りましょう」

と、渡辺は約束した。

夜の七時過ぎになって、渡辺は、気負った顔で、マンションにやって来た。

「私の欲《ほ》しい例の写真のネガは、どうなりました？　取り戻せそうですか？」

渡辺は、秋葉の顔を見るなり、きいた。

「多分、間もなく取り返せる筈です。ところで『美しき花芯の会』のマスターだと思える

男がわかりましたよ」

「本当ですか？」

「ええ。会のある場所もです」

「マスターというのは、どんな男です？」

「名前はわかりませんが、まあ、この写真を見てください」

秋葉は、引きのばした昨夜の写真を渡辺常一郎に見せた。

渡辺は、じっと見ていたが、首をかしげて、秋葉を見た。

「一体どこに、マスターがいるんです？」

「そこに写っている男ですよ。例の彼女と一緒に」

「そんな馬鹿な！」

「何がです？」

「だって、ここに写っているのは、うちの社の竹内君だからですよ」

「何ですって！」

秋葉の眼が、キラリと光った。

「それは、間違いありませんね？」

「竹内君は、私の部下ですよ。その顔を見違える筈がないじゃありませんか」

「なかなか面白い」

「何です？」

「竹内というのは、確か管理課長で、あなたに、例の会を推薦した人物でしたね？」

「そうです。まさか、あなたは、彼が、アルバイトにそんな会をやっていると――？」

「竹内課長は、今日、会社に出勤しましたか？」

「そういえば、彼の姿を、今日は見なかった。しかし、そんなアルバイトをやっていれば、会社を馘《くび》になることぐらいわかっている筈なのだ」

「彼は、まだ独身ですか？」

「ああ。独身の筈だ。私が、見合いをすすめたが、笑って受けつけなかったから、きっと、好きな女がいるんだろうと思っていたんだが」

「それが、この女ですな。恐らく」

「じゃあ、大商社のエリート社員が、コール・ガールの組織のマスターをしていたというんですか？」

「いや。それ以上に悪質です。あの組織は、最初から、恐喝を目的としたものですよ」

「しかし、まさか、竹内君が――」

「正直に申し上げると、僕は、あなたの話を聞いた時から、竹内という課長に注目していたんですよ」

「何故です？」

「あなたは、竹内課長の話にのって、『美しき花芯の会』に電話し、まんまと、罠にはまった。あなたの話から考えて、非常に計画的だった感じがした。とすると、同じ会で遊んだ竹内課長も、あなたと同じように、恐喝されていなければおかしいことになる。だが、あなたの話からは、そんな点は、窺《うかが》えなかった。竹内課長をあやしいと思うのが当然でしょう」

「しかし――」

「彼は、とかく噂のある男だと、いわれましたね？　どんな噂です？」

「彼は、一流大学を出て、頭の切れる部下だった。ただ、一つだけ――」

「一つだけ、何です？」

「競馬が好きなんだ。二年ぐらい前だが、そのために、友人たちから、三十万も借金してしまい、うちの共済《きょうさい》組合で借りて、返したことがあるのです。しかし、どうも、私には信じられないんだが――」

「信じられなくても、この写真が、何よりもはっきりと、事実を示していますよ」

「すると、私は、自分の部下に、今まで、金をゆすりとられていたことになるんですか？」

「まあ、そうですね。金を渡すとき、相手の顔を見たわけじゃないでしょう？」

「ああ。そうです。向こうが指定する場所に置いて来ただけです。そうしなければ、例の写真を、家内に送りつけると脅かされていたものですから。しかし、電話の男の声は、竹内君のようじゃなかったが」

「そんなものは、送話口にハンカチを一枚かぶせただけで、わからなく出来るものですよ」

「そんなものですか。しかし、これから、私は、どうしたらいいんですか？」

「何もしなくていいんですよ。もし、明日、竹内課長が出社して来たら、今までどおり、何気《なにげ》なく応対していたらよろしい。その間に、僕が、あなたの希望どおりに処理します。竹内課長の住所はわかりますか？」

「今は、わかりませんよ。何しろ、こんな意外な話を聞くとは思いませんでしたからね。明日、会社へ行って調べて、こちらに電話します」

「それで結構です」

と、秋葉はいい、「わからない、わからない」と呟《つぶや》き続けている渡辺常一郎を部屋から送り出した。

9

その夜、十時頃、ベッドに横になっていた秋葉に、女の声で電話がかかって来た。中山麻美子と名乗っていた、あの女からだった。

　危くなったと知って、向こうから動き出して来たのだ。それは、秋葉の待っていたものだった。

「秋葉さんね？」

　と、彼女は、堅い声で確かめるようにいった。

「そうだ。今度は、どんなポーズの写真を撮らせてくれるんだね？」

「冗談はやめて。あたし怖《こわ》いの」

「ほう」

「あんたは、警察の人？　ね。そうでしょう？」

「少し違うね」

「じゃあ、私立探偵ね。あの人たちに頼まれて、あたしたちを罠にはめたのね？」

「あの人たちというと？」

「誰かわからないけど、あたしたちが、ゆすっていた人の誰かに頼まれたんでしょう？ね、そうでしょう？」

「まあ、そうだ」

「やっぱりね」

「君たちは、もう逃げられん」

「そんなことより、あたし怖いのよ」

「一体、何が怖いんだ？」

「彼が、あたしを殺すかも知れないの。あたしのせいで、全てが、オジャンになったと思ってるのよ」

「彼というのは、第一商事の竹内という課長か？」

「何故、知っているの？」

「モチはモチ屋でね。それで、君は、今、どこにいるんだ？」

「鳥山のあたしのマンションよ。ここが、あたしの部屋だもの」

「竹内は、会社を終わると、そこへ行って、『美しき花芯の会』のマスターになりすましていたわけか」

「そうよ」

「彼は、今、そこにはいないんだな？」

「勿論よ。いたら、あんたに電話なんかかけられないわ。とにかく、怖いの。助けて頂《ちょう》戴《だい》」

「ネガは、そこにあるのか？」

「あたしたちが、ゆすりに使ったネガね。車のトランクの中に入れてあるわ」

「よし。すぐ行こう」

秋葉は、電話を切ると、上衣《うわぎ》を引っかけて、部屋を飛び出した。

車に乗って、甲州街道を、昨夜のマンションに向かって飛ばした。

約一時間で、マンションの近くまで到着した。が、そこに、五、六台のパトカーが止まっているのに気がついて、あわてて、ブレーキを踏んだ。

嫌な予感が、彼の胸を走り過ぎた。「怖い」といっていた女の声を思い出した。

秋葉は、車をおりると、ゆっくり、近づいて行った。マンションの前には、人垣が出来、警官が、野次馬《やじうま》が中に入ろうとするのを制している。

「何があったんですか？」

秋葉は、かたわらにいた中年の女にきいてみた。

「何でも、ここの五〇一号室で、若い女が、ピストルで射《う》たれて死んだそうですよ。それに、男のほうも」

「男も？」

「ええ。男のほうは、毒を飲んで死んだらしいんですけどね」

（両方で殺し合ったのか――）

男は、女に対する怒りから、女のほうは恐怖から。

秋葉は、人垣から離れると、マンションの横にある駐車場へ足を運んだ。昨夜見たスポーツ・カーは、そこの端《はし》に駐車してあった。警官が、駐車場に注意する様子はない。

秋葉は、用意して来た針金を使って、後部トランクを開けた。彼女が、電話でいった通り、そこには、例の木箱が入っていた。中身もである。

秋葉は、それを抱《かか》えて自分の車に戻ると、ゆっくりと車をUターンさせて、今来た道を、引き返した。

（これで、全部すんだのか——）

10

翌朝の新聞には、事件のことが、デカデカと出ていた。

それによると、あのマンションの五〇一号室で、彼女は、射殺されて床に横たわり、第一商事の竹内管理課長は、青酸中毒で死んでいた。傍にウイスキーのグラスが転がっていて、それから青酸反応が出たという。また、テーブルの上には、一発発射されたピストルが置かれていたが、そのピストルからは、竹内の指紋だけが検出された。床に転がっていたウイスキーグラスから検出された指紋は、女のものと、竹内のものだけである。

警察の見解としては、理由はわからないが、この二人が、お互いを殺そうとし、女は、青酸入りのウイスキーを竹内にすすめた。ところが、男のほうが、先にピストルで、女を射殺し、そのあと、何も知らずにウイスキーを飲んで死亡したのだろうというものであった。

秋葉が、事務所で、複雑な気持ちで、その記事を読み終わった時、電話が鳴った。

渡辺常一郎からだった。

「今、会社からですが、朝刊の記事を読んで、仰天《ぎょうてん》してるところなんです。あなたのいわれたとおり、竹内君は、本当に、あんなことに関係したんですな」

「まあ、そうですね」

「ところで、例の写真のネガは、取り返して貰えましたか？」

「勿論。僕は、約束は守る人間ですよ。ここにあります」

「それは、有難《ありがた》い。昼休みにでも、さっそく取りに伺います」

「いいでしょう。ところで、一つ伺いたいんですが」

「成功報酬なら、ちゃんとお持ちしますよ。確か、五十万円でしたな」

「いや。僕の聞きたいのは、一昨夜、何もあなたの回りで、なかったかということなんですがね？」

「一昨夜？　勿論、何もありませんよ。あなたが何もするなといわれるんで、マンションで、じっとしていましたよ」

「何事も起きなかったんですね？」

「そうです」

「それなら結構。昼休みに取りに来て下さい」

秋葉は、受話器を置くと、しばらく考えてから、他の場所に電話をかけた。

十二時三十分を少し過ぎて、渡辺常一郎は、タクシーで、秋葉の事務所に駈《か》けつけてきた。

ドアを開けて入って来るなり、

「写真のネガは？」

と、きいた。秋葉は、椅子に腰を下ろし、突っ立っている渡辺を見上げた。

「そのテーブルの上の木箱の中に入っていますよ」

「――――」

渡辺は黙って、木箱をあけ、自分の名前の書いてある封筒をつかみあげ、中を見て、満足そうに、ニッコリと笑った。

「確かに、これです。やはり、あなたは、大した男だ。これは、約束の成功報酬です」

渡辺は、内ポケットから、札束の入った封筒を、秋葉の前に置いた。

「お礼の意味もこめて、十万円余計に入っていますよ」

「それは有難い。といいたいところだが、それは受け取れませんね」

「金額が不足だといいたいんですか？」

「いや」

「じゃあ、何故?」

　渡辺がきく。秋葉は、冷たい眼で、相手を見た。

「まあ、座って下さい。僕は、最初にあなたに断わった筈だ。僕という男は、裏切れば、危険な人間に変わるとね」

「私は、別に、何も裏切ったりはしていませんよ」

「果たしてそうかな?」

「一体、何をいってるんです? わけがわからん」

「今度の事件は、最初からおかしかった。まず、あなたが持ち込んだ、ゆすりの話だ。一見、平凡なツツモタセに、大会社の部長が引っかかったように見えた。美人にデレデレしていたら、ヒモがいて、ゆすられた。よくある話だ。だが、よく考えてみると、あんたの話には、妙なところが、いろいろとあった」

「どんな?」

「第一に、あんたは、部下の竹内課長に紹介されて、引っかかったといった。それなら、僕のところに来る前に、まず、竹内課長に文句をいい、どうにかしろというべきだ。だがそうした様子はない。第二に、あんたは、自分の名前と会社名をかくしながら、例のヌード写真のトロフィーには、拡大鏡で見れば、ちゃんと出ていると僕にいった。ひどく矛《む》盾《じゅん》している」

「しかし、それは、ゆすられて、気が転倒していたんですよ。だから変に思われることも」

「第三に、あの女の態度だ。竹内課長と組んで、ゆすりをやっていたとすれば、金のためなら何でもやる女の筈だ。ところが、僕が抱いた時、しばらく身体を硬くしていた。直感的に、こういうことに余りなれていないと思った。ところが、あんたの話では、ひどく積極的だったという。おかしな話だ。第四は、もっとおかしいことがある。あの二人は、僕に、会の場所と正体を見破られた。少なくとも、そう思った筈だ。だからこそ、僕を殴って気絶させたのだ。そうしておいて、僕の借りたマンションにも忍び込み、残りのヌード写真まで、盗み去った。これは当然の行為だ。犯人なら、自分の顔の写っている写真は、取り返したくなる筈だからね。写真がなくなれば、知らぬ存ぜぬで押し通せるからね。ところが、彼女のヌード写真は、あんたのところにもある筈だ。当然、それも、盗み出して燃やしてしまわなければならないのに、あんたは、一昨夜、何事も起きなかったと、僕に答えた。何故、彼等は、あんたの持っている写真は、そのままにしておいたんだろう？」

「それは、その中《うち》に取り戻そうと考えていたんじゃないのかな？」

「いや。違うね。追いつめられた筈の二人が、そんな悠長《ゆうちょう》なことを考える筈がない」

「しかし――」

「第五に、昨夜、あの女は、相棒に殺されそうだと電話してきた。そのくせ、あのマンシヨンにいるという。そして、わざわざ、ネガのありかまで教えてくれた。全く奇妙な話だ。殺されそうなのにあのマンションにいるというのは、まるで、殺されるのを、じっと待っているのと同じだからね。普通なら当然、車で逃げるか、警察に保護を頼む筈だ」

「一体、何をいいたいのかね？」

「実際には、『美しき花芯の会』なんてものは、実在しなかったということだ」

「そんな馬鹿な。事実その木箱の中には、私の他にも、同じような手口でヌード写真を撮り、ゆすられていた人間の名前が書かれた封筒が入っているじゃないか？　調べてみれば、実在の人物だということが、すぐわかる筈だ」

「多分、実在の人物だろうね。電話をかけてきけば、そんなことは知らないと答えるに決まっている。本当に知らないんだが、あんたは、向こうは、自分の恥になるから知らないといっているんだと主張できる。その点、彼女のヌード写真だけで、ゆすれるということを考えたあんたは頭がいい。何とでもいえるからね。ところで、僕は、あんたのことを少し調べさせて貰った。紳士録によると、あんたに妻君はいるが、子供はいない。第一商事の人事部に問い合わせたところ、その奥さんは、胸をやられて、一年間、高原の療養所で療養していたが、全快して、一週間後に退院してくるという話だった」

「それは――」

「ところで、竹内課長が、競馬好きで、共済組合で三十万円借りたことも事実とわかった。そこで、僕は、次のように、推理を組み立てた。あんたがゆすられていたのは事実だ。その相手は、竹内課長だ。だが、『美しき花芯の会』などは、全くのでたらめだ。あんたは、妻君の療養中、若い女と出来た。それが、あの女だ。一年間、あんたはいい思いをした。が、妻君が治って帰ってくる時になって、困ったことが起きた。それは、その若い女が、本気で、あんたを好きになってしまったことだ。その上、部下の竹内課長が、あんたのかくれた情事をかぎつけて、借金の穴埋めのために、ゆすり始めた。二つの困難にぶつかったあんたは、その二つを一挙に解決する方法を考えた」

「馬鹿げている――」

「それが、例の面白い話だ。彼女は、可哀《かわい》そうに、君に命じられたままに芝居をした。恐らく、そうしてくれれば、結婚するとでも約束したんだろう。だから、竹内をも誘惑して、あのマンションに連れ込み、それを、わざと、僕に見させた。僕が尾行することは、あんたがよくわかっていた筈だし、あんたが、彼女に知らせていた筈だからね。あんたは、僕を、自分の無罪を証明するための証言者に仕立てあげたんだ。勿論、彼女を射殺したのはあんただ。手袋をはめたピストルで射ち、先に毒殺した竹内課長の手に押しつければ、彼の指紋がつくからね」

「嘘だ！」

「大声を出しても、真実はかくせないね。あんたと彼女の関係は、警察が調べていけば、当然、浮かんでくる。僕が、今いったような疑問を話せば、警察は、あんたを調べる筈だからね」

「警察に話すのかね」

「僕は、裏切れば危険な男になると、断わっておいた筈だよ。警察は好きじゃないが、あんたを、あれほど愛していた若い女を、殺したのは許されない。それも、相手の愛情を利用して、罠にはめたことがだ。だから、警察に全部、話すつもりだ。今、あんたに話したことをね」

「話させん。警察は、あの二人が、殺し合ったと見ているんだ」

「それは無理だな」

秋葉は、電話に手を伸ばした。とたんに、渡辺は、ポケットからピストルを取り出した。

「受話器を置くんだ！」

「おや、おや。まだ、ピストルを持っていたのか」

「東南アジアに旅行したとき、買って、持ち込んだんだ。あんたを喋《しゃべ》らせるわけにはいかん。ここであんたを殺したところで、あんたは仕事上、敵が多い筈だから、私を疑う者はいない筈だ」

「無理はやめるんだな。あんたは、もう終わりだ」

「私が、射てないとでも思っているのか？」

「いや。あんたは、自分を愛していた女でも、平気で殺せる男だ。僕なんか平気で殺すだろう。だが、あんたは、僕が、プロだというのを忘れている。何の用意もなく、あんたに話したと思うのかね？　この事務所には、テープレコーダーがあって、二人の会話は、全部、録音しているんだ」

「そんなものは、あんたを殺してから、探すさ。見つからなければ、火をつけて、この事務所ごと燃やしてやる」

「それにもう一つ。あまり気が進まなかったが、警察にも電話しておいた」

秋葉は、相手の銃口を無視して、腕時計に眼をやった。

廊下に足音がし、ドアが開いた。二人の刑事が入って来た。

渡辺は、ピストルを持ったまま、呆然《ぼうぜん》と突っ立っている。刑事の片方が、ピストルを取り上げてから、

「この男が犯人だというのは、本当かね？」

と、秋葉に聞いた。

秋葉は、机の引出しからテープレコーダーを取り出し、カセットを、その刑事に渡した。

「それを聞けば、すぐわかるよ。ただ、十五分で来るといったら、十五分で来て欲しいね。十五分三十秒かかっている。あと三十秒おそかったら、あんた方は、僕の死体を運ばなきゃならなかったんだからね」

危険なダイヤル

1

ガラスのドアには、「秋葉京介事務所」としか書かれていない。

彼のことを知らない人間が見たら、何の仕事をしているのか皆目《かいもく》、見当がつかないだろう。

三十五歳の秋葉は、別に奇をてらって、こんな看板を出したわけでもないし、勿論《もちろん》、エナメルを節約したわけでもない。

「秋葉京介探偵事務所」と書いたら、結婚調査だとか、亭主や細君の浮気を調べてくれといった退屈きわまる仕事が舞い込むに違いないし、探偵事務所の看板をかかげた以上、それを断わるわけにはいかないからである。

私立探偵が免許制のアメリカでは、拳銃《けんじゅう》携行も許されるし、刑事事件でも飛び込んでいけるが、日本では、そのどちらも許されていない。だから、せいぜい、結婚調査や素行調査ぐらいしか出来ないわけだが、秋葉は、そんな退屈な仕事をやる気はなかった。

秋葉が欲しいのは、冒険だった。といって、三十歳を過ぎた彼が、過激派学生の真似《まね》もできない。残された道は、危険な事件の中に自分を放り込むしかなかった。

だから、事務所を設《もう》けたのだが、得体の知れない事務所に、事件を持ち込んでくる物好きは、最初は、勿論、一人もいなかった。

それが、友人が巻き込まれた事件を見事に解決してから、口から口へ伝わり、少しずつ仕事が持ち込まれるようになった。危険だが、警察に頼めない事件の解決をである。その仕事が危険であればあるほど、秋葉は、その一瞬に生甲斐《いきがい》が感じられるのだ。今の時代は、彼にとって、退屈以外何ものでもない。何をしてもむなしい気がする。革命も、掛声だけに終わってしまい、一向《いっこう》に実現しそうにない。また、革命が起きたところで、今より一層《いっそう》、強い倦怠《けんたい》の時代がやって来るような気もする。だから、革命の時には、そのさなかに死ぬことが、一番幸福だろうと、秋葉は考えていた。

だから、今は、危険の中に自分を置くことが、秋葉にとって、生甲斐なのだ。それは、錯覚かも知れないが、いってみれば、この世は全《すべ》て錯覚かも知れないのだ。

秋葉は、身長一七五センチ、七二キロ。ありふれた体格だ。普段は、いつも、眠たげな怠惰《たいだ》な眼をしている。それは、ポーズではなく、本当に退屈しているのだ。

今日も、秋葉は、事務所のソファに寝そべり、煙草《たばこ》の煙を天井に向かって吹き上げながら、眠たげな眼をしていた。何もない部屋である。机と電話と、ソファと、それに、冬の今は、ガスストーブが赤く燃えているだけだ。キャビネットもなければ、テレビもない。

煙草の灰が床に落ちた時、電話が鳴った。

一瞬、眠たげだった秋葉の眼がキラリと光った。が、起き上がり、受話器をとる動作はゆっくりとしたものだった。別に気取っているわけではない。すぐ切れる電話なら、間違いか、いたずらか、さもなければ詰まらない事件だからだ。大きな事件なら、向こうは、いつまでも鳴らし続ける筈《はず》だと読んでいるからである。

「秋葉だが」

と、彼はゆっくりといった。

「秋葉京介さんだね」

念を押すような男の声が聞こえた。含み声なのは、送話口にハンカチでもかぶせているらしい。古い手だが、一向にすたれないところをみると、簡単な割りに効果があるのだろう。

「ああ。そうだが」

「あんたに仕事を頼みたい」

「内容は？」

「仕事といえばわかっているじゃないか。殺しだよ。人間を一人殺して貰《もら》いたいんだ」

2

秋葉の顔に浮かんだのは、驚きや当惑より、苦笑だった。

相手は、どうやら、秋葉を殺し屋と間違えているようだ。秋葉のことが、口から口へ伝えられていくうちに、殺し屋と受け取った男がいたらしい。

(面白い)

と、秋葉は思った。一人の男が、今、誰かを殺したがっている、一寸《ちよつと》したスリルだ。

「あんたの名前を聞きたいといっても、いう筈はないね。それで、一体、誰を殺せばいいんだ？」

「あんた宛《あて》に手紙を出した。今日あたり着く筈だ。それに全て書いてある。手付金として五十万円の金《かね》も入れておいた。一週間以内にやってくれ。成功したら、一千万払う」

「成功したと、どこへ報告すればいいんだろう」

「報告する必要はない。殺されれば、必ず新聞に出る。それが何よりの証拠になる。じゃあ、頼んだぜ。一週間以内だ」

相手は言いたいだけのことを言って、電話を切ってしまった。

秋葉は、煙草の吸殻《すいがら》を、パイナップルの空缶《あきかん》に投げ捨て、腕時計に眼をやった。三時半。郵便物の配達はだいたい三時の筈だ。彼は事務所を出ると、このビルの入口にある郵便受のところまで降りて行った。

電気代の請求用紙と一緒に、分厚い封筒が入っていた。

部屋に戻ると、請求用紙の方は、机の上に放り出し、封筒の方に注目した。宛名は、邦文《ほうぶん》タイプで打ってある。多分、筆跡を知られたくないからだろう。勿論、差出人の名前はない。消印が、東京中央郵便局になっているのは、その近くに住んでいるというより、住所を探《さぐ》られないために、わざわざ、東京駅近くまで行ったと考えた方がよさそうだ。

秋葉は、ソファに腰を下ろし、ハサミで封を切った。

便箋《びんせん》一枚、写真一枚、それに二つに折った一万円札が五十枚、彼の掌《てのひら》に落ちて来た。真新しい札ではないが、五十万円を、封筒の中に入れて出すとは、なかなか思い切ったことをする男だ。法律では禁止されているから、配達の途中で失《な》くなっても文句はいえない。それを知って入れたのは、金を唸《うな》るほど持っているということなのか。もっとも、小切手や現金書留《かきとめ》にしたら、自分の尻尾《しっぽ》をつかまれる恐れがあると考えたかも知れない。

写真は、名刺大のもので、若い女性の上半身が写っていた。二十二、三歳だろうか。きれいな眼をした、なかなかの美人だ。ノースリーブの花模様のワンピース姿なのは、夏にでも、撮ったのだろう。バックは、どこかの公園らしく、花壇が見える。

秋葉は、写真を机に置き、便箋に眼を移した。そこにも、邦文タイプで、彼女の簡単な略歴が並べてあった。

佐久間理恵《さくまりえ》（二三歳）一六三センチ五〇キロ
渋谷区笹塚《しぶやささづか》三丁目　白亜《はくあ》レジデンス503
三田村《みたむら》石油秘書課勤務
自宅の電話番号（378）××××

書いてあったのは（正確には、タイプされていたのは、というべきだが）それだけだった。

秋葉を殺し屋と間違えた男は、余分なことを書き加え、自分の身元の割れるのを用心したのかもしれない。それとも、殺しを請《う》け負うには、これだけで十分と考えたのか。

秋葉は、改めて、女の写真を見た。美人だ。それも、整い過ぎて、冷たい感じのするタイプではなく、大きな眼や、やや厚めの唇に男を魅《ひ》きつける可愛らしさがある。それに、背もすらりと高いとすれば、黙っていても、男たちは寄って来るだろう。

（殺しを頼んだ動機は、情事のもつれか？）

だが、それなら、ライバルの男の方を殺してくれと頼むのが本筋であろう。

秋葉は、これを、警察に打ちあける気はなかった。警察は余り好きではなかったし、これまでの事件で、ブタ箱に放り込まれたことも、二度や三度ではなかったからだ。罪名は全て、公務執行妨害。依頼された事件が、刑事事件に発展しても、秋葉は、解決を約束した以上、手を引かないから、どうしても警察と摩擦《まさつ》が起きるからである。

だから、秋葉は、依頼者からは、頼もしい男だといわれる。しかし、危険な男だといわれていることも秋葉は知っていた。依頼主が彼を裏切った場合、容赦しないからだ。さっきの電話の男が、秋葉を殺し屋と間違えたのは、危険な男という噂《うわさ》を取り違えたのだろう。

一一〇番しない理由は、もう一つある。それは、この封筒を持って行っても、警察は、殺しの依頼の話など信じないに決まっているからだ。この便箋のどこにも、殺してくれとは書いてない。書いてあるのは、一人の若い女性の住所と勤務先、それに彼女の写真だけだ。結婚調査の依頼じゃないかと笑われるのがオチだろう。

(さて、どうするか?)

放っておく気は秋葉にはない。危険の臭《にお》いが、秋葉を緊張させ、それが、倦怠感を救ってくれるからだ。

秋葉は、新しい煙草を口にくわえて、事務所を出た。

3

タクシーを、甲州《こうしゅう》街道の笹塚辺《あた》りで降り、少し入ったところにある八階建の「白亜レジデンス」まで歩いて行った。名前のとおり、白亜の殿堂といった感じの洒落《しゃれ》たマンションであり、普通のOLの住めるようなものではなかった。地下駐車場もついており、部屋は2DKから3DKらしいから、最低でも、十万円の部屋代はとられるだろう。

秋葉は、入口に入り、管理人室をノックした。顔を出したのは、四十五、六歳の中年の男である。糸のように細い眼は、優しげでもあり、狡猾《こうかつ》そうでもあった。

秋葉は、相手の骨ばった手にたたんだ千円札を押しつけてから、「ここに佐久間理恵さんという女性が住んでいるね？」と念を押した。

「ええ。五階の三号室ですが、確か、まだ会社からお帰りじゃない筈ですよ」

「それはわかっている。彼女のことで聞きたいんだが、独《ひと》りで住んでいるのかい？」

「ええ。一応は、お独りですよ」

中年の管理人は、ニヤッと笑って見せた。細い眼が、いよいよ細くなり、狡猾さが剝《む》き出しになった。

「一応というのは、男が時々、やって来るということかね？　それとも、今はやりの同棲《どうせい》でも?」

「一週間に二回くらい、すごい外車で男がやって来ますよ。年齢は四十歳くらい。どこかの社長か重役って感じですね。たいてい、夜の十時頃《ごろ》やって来て、朝早く帰って行きますよ」

「その男が、五〇三号室に入るのを見たのかね?」

「別に見るつもりはありませんでしたがね。あんな馬鹿《ばか》でかい車でやってくれば、嫌でも眼に入っちゃいますからね」

「その車の特徴や、ナンバーは?」

「ナンバーは覚えてませんが、うちの息子は中学一年生ですがカーマニアでしてね。それは、フォードのムスタングマッハ1だといってましたよ。ご存じですか?」

「ああ。知っている。スピードの出るいい車だ。それで、車の色は?」

「白ですよ。屋根だけ、黒のレザーでしてね」

「その四十男が、自分で運転して来るのかね?」

「ええ、独りですよ。やっぱり、女の所に来るのに、運転手を連れてくる馬鹿はいませんよ」

また、管理人は黄色い歯を見せて、ニヤッと笑った。

「彼女は、その男のことを、何と呼んでいたかわからないかな?」

「わたしね、立ち聞きはしませんよ」

「しかし、彼女が、その男を送り出すのを見たんだろう？　だから、君は、男の帰る時間を知っている」

「わかりましたよ。管理人というのは、朝の早い仕事でしてね。特にゴミ集めの日は、早くから、用意しとかなきゃならない。住人の中には、午前四時頃、ゴミを捨てに来る人もいますからね」

「そのとき、二人を見たろ」

「ええ、名残《なご》り惜《お》しそうにしているところをね」

「それで、彼女は、男を何と呼んでた？」

「名前はいってなかったけど、副社長さんと呼んでましたね」

「副社長か。今でも、週二、三回は来るのかね？」

「それが、ここ一か月ばかり、全然、来ないんですよ。他に、女でも作ったんじゃないですか。彼女の方も、来月になったら、ここを引っ越すといってますよ」

「来月まで、あと一週間だね？」

「ええ、今月分までの部屋代は払って頂《いただ》いてますからね」

「その四十男の他に、彼女のところに来た男は？」

「いませんね。ただ、その男が来なくなってから、時々、妙な男が、五〇三号室を見ているのを目撃したことはありますよ」

「妙な男？」

「ええ、三度くらいだったかな、夜だったし、コートの襟《えり》を立てていたんで、人相は全然、わかりませんでしたがね。じっと、五〇三号室を見上げてるんですよ。道路の端で」

「何故、五〇三号室を見上げていたとわかる？」

「その部屋は五階の角で、その時は、その部屋しか、まだ明かりが点《つ》いていませんでしたからね」

「それを、彼女に話したのか？」

「ええ」

「彼女の反応は？」

「蒼《あお》い顔してましたよ。来月、引っ越すというのも、そのことが原因かも知れませんね。パトロンと気まずくなったらしいのも原因でしょうが」

「彼女はどんな女性だね？」

「どんなって、若くて、美人ですよ」

「それはわかってる。知りたいのは性格だ」

「愛想のいい娘さんですよ。貰《もら》い物なんかあると、うちの息子にくれたりしましてね」

「若くて、美人で、愛想がいいか――」

そんな娘の命が、何故、狙《ねら》われるのか。

4

秋葉は、いったん事務所に戻った。ソファに腰を下ろしたとたんに、電話が鳴った。受話器を取ると、あの男の含み声が聞こえた。

「わざわざ、彼女のマンションまで行って、管理人に何を聞いたんだ？」

「尾行してたのか？」

「まあね。五十万円も前金を払ったんだから、あんたが、きちんとやってくれるかどうか見守っていたいからね。殺しの準備段階として下調べに行ったのなら、歓迎だが——」

「だが、何だね？」

「若い美人だっていうんで仏心《ほとけごころ》でも起こされると困るからな」

「何故、自分で始末しない？」

「あんたは、殺し屋だろ？　金が儲《もう》かるんだから文句はないだろう」

「そして、そっちは、自分の手を汚さずに済むというわけか」

「この世は、持ちつ持たれつというわけさ」

「もし、おれが、途中で嫌気《いやけ》がさしたら？」

「その時の用心は、ちゃんとしてあるよ」

男は、電話の向こうで、クックッと小さく笑った。

「だから、下手《へた》な真似はしないことだな。こっちは、彼女だけ、一週間以内に死んでくればいいんだ。あんたの死体まで見たくはない」

「それは、警告かね？」

「とんでもない。しっかりやってくれという激励《げきれい》だよ」

ガチャンと、電話は切れた。ちゃんと用心はしてあるというのは、秋葉の他にも、何人かに、彼女の始末を頼んであるというのか。秋葉が、殺し屋でないと気付いた時には、そいつらが、彼女と一緒に、彼をも消そうとするだろう。

(面白い)

と、秋葉は思った。危険が大きければ大きいほど、彼は、生きているという充実感を覚えるのだ。群衆の中を、ぼんやり歩いている時、秋葉は、自分が生きているという実感を持てない。だが、鋭い空気を引き裂く音を残して、耳元を弾丸がかすめる時、秋葉は、自分が、今、生きている実感を持てるのだ。

秋葉は、近くの中華料理店から夕食を取り寄せて食べてから、白亜レジデンスの五〇三号室のダイヤルを回した。しばらく待たされてから、若い女の声が電話に出た。少し甘い感じのするアルトだった。

「僕の名前は秋葉京介だ。フォードムスタングに乗って、君に会いに来ていた男のことで、ぜひ、話したいことがある」

何の前置きの言葉もなく、いきなりいうと、相手は、言葉に詰まったように、一、二分、黙ってしまった。その間に、秋葉は、受話器を耳に当てたまま、片手を伸ばして煙草を取って口にくわえた。火を点《つ》けた時、やっと相手の言葉が電話に戻って来た。

「何故、あたしに？」

「理由は会ってから話す。明日の昼休みに昼食でもどうかな。君と食事をしろと、お金をくれた奇特《きとく》な人間がいるんでね」

「本当に大事な話なの？」

「ああ。聞いて損はない筈だ」

「わかったわ。うちの会社の近くにステーキの美味《おい》しい店があるの。名前は『ホワイト・シャトー』そこに十二時十分までに行ってるわ。一時まで昼休みだから」

「OK」

「でも、あたしは、あなたの顔も知らないんだけど」

「その点は大丈夫だ。僕が、君の顔を知っている。じゃあ、明日、十二時十分に」

受話器を置くと、秋葉は、新聞の株式欄に眼を通した。彼女が働いている三田村石油は、第一部には上場されていない。石油会社としては、中堅どころなのだろう。だが、面白いことに、中東戦争の後遺症や、産油国（ＯＰＥＣ）などの値上げ攻勢がたたって、一部に上場されている石油会社の株が一様《いちよう》に下がっているのに、二部に上場されている三田村石油の株だけが、大幅に上がっていた。理由はわからない。

　秋葉は、ある事件を通して知り合った証券会社の友人に電話してみた。

「君が株に手を出すとは思わなかったな」

と、友人は笑った。

「僕が買うわけじゃない。第二部に上場されている三田村石油のことを聞きたいんだ。他の石油会社の株が軒並《のきな》み下がっているのに、何故、三田村石油だけ上がっているんだ？」

「君もなかなかいい所に眼をつけるじゃないか。三田村石油なら、まだ買いだよ」

「買い占めか乗っ取りの情報でもあるのか？」

「その方の情報は、まだ入ってないが、中東戦争が始まったとたんに、他の石油株が、一斉《いっせい》に下げたのに、三田村だけは一挙《いっきょ》に二十円もあげ、今でも少しずつ上げ続けている。これだけいえばわかるだろう？」

「中東石油に関係がない会社なのか？」

「そうだよ。日本の石油は、大部分、中東から運んでいるが、三田村社長は、カリマンタンに眼をつけた。昔のボルネオで、太平洋戦争の時、ここの石油に日本軍が眼をつけた所だ。インドネシア政府と合弁《ごうべん》で、ボーリングを始めたのが十年前、四年前に見事に新しい油田を開発した。他にも有望な油田が見つかったらしい。インドネシアは、今のところ政情が安定しているし、船で運ぶにしても、中東に比べて、はるかに近いからコストも安くなる」

「成程な」

「ところで、三田村石油の社長が、一か月前に飛行機事故で死んだのは、当然、知っているんだろう？」

「死んだ？　どこかで見た名前と思っていたんだが、新聞に出ていたんだろ」

「三田村大造《だいぞう》というのは、五十を過ぎても行動的な男でね。自分でセスナを飛ばすのが好きだった。一か月前に、彼の操縦していたセスナが、多摩川《たまがわ》の河原に墜落炎上して、死亡した。エンジントラブルとか、操縦ミスとかいわれたものだよ」

「面白い話を有難《ありがと》う」

「また危険な事件に首を突っ込んでいるのか？」

「危険かどうか、まだわからん。危険な方が面白いがね」

5

翌日、小雨の中を、秋葉は、虎ノ門の近くにあるステーキハウスに出かけた。「ホワイト・シャトー」と、英語とフランス語のチャンポンの店名がついているのも、現代風俗の一つだろう。

その六階がレストランになっていて、窓際の席に、写真の女、佐久間理恵が腰を下ろしていた。写真の顔よりいくらか大人びて見えた。

秋葉は、向かい合って席に着くと、「やあ」と、彼には珍しい笑顔を見せた。

「あなたが、電話を下さった人?」

「そうだ」

と、肯《うなず》いてから、秋葉は、注文を聞きに来たウエイトレスに、「この人と同じものを」と頼んだ。

「食事をしながら、ゆっくり話したい」

「でも、何のことか、あたしには、さっぱりわからないんだけれど」

「あんたの笑顔は、さぞ魅力的だろうね」

「え?」

「僕と君とは、間違いなく見張られている。だから、これから僕の話すことが、どんなに突拍子《とっぴょうし》のないことでも、平気な顔をして、出来れば笑って貰いたいということだよ」

秋葉は、運ばれて来た分厚いステーキに、ゆっくりナイフを入れながら、低い声でいった。彼女は首をかしげている。無理もないだろう。秋葉は初対面なのだから。秋葉は、構わずに、話を続けた。

「誰か妙な人間がいて、僕を殺し屋と間違えて金を送って来た。君を殺してくれというんだ」

「―――」

一瞬、彼女のフォークが宙で止まった。

「笑って」と、秋葉は、小さい声でいった。

「僕は危険は好きだが、殺し屋じゃない。むしろ逆の人間といってもいい。できれば君を助けたい。だから、何故、君のような若い女を殺したい人間がいるのか、それを知りたいんだ」

「あたしには、全然、見当もつかないけど」

「君は、副社長の二号なんだろう？」

「二号じゃありません。あたしたちは愛し合っているわ」

「じゃあ、愛人でもいいさ。だが、一か月前から、君の愛する人は、あのマンションに来なくなったようだね」

「それは、社長が飛行機事故で亡くなって、あの人が社長になり、急に仕事が忙しくなったから。それだけのことよ」

「例のセスナ事故か。しかし、いくら副社長といっても、四十過ぎの男だろう？」

「四十五」

「君は二十代の若さで、それに美人だ。何故、そんな中年男が好きになったんだ？」

「最初は、同情だったわ」

「ほう、同情ね」

「あの人、一応は副社長ということになってましたけど、会社の実権は、お兄さんが、ひとりで持っていらっしゃった。あたしは、社長秘書をやっていたから、そういうことはよくわかったの。あの人とすれば、毎日、面白くなかったと思うわ。そんなことで同情して」

「同情が、愛情に変わったというわけか？」

「そうかも知れない」

「君は、あの人といっているけど、本当の名前は？」

「三田村忠雄《ただお》」

「勿論、奥さんはいるんだろうね？」

「いいえ、女遊びはしていたけど、奥さんはいない人よ」

「その彼が、社長の飛行機事故で、今や社長の椅子《いす》についた。君も上手《うま》くいけば、社長夫人になれるというわけか？」

「あたしには、そんな野心はないわ。あの人を慰《なぐさ》めてあげただけで満足。今度、念願の社長になれたんだから、あたしの慰めも、もう要《い》らないから、身を退《ひ》こうと考えているくらいだわ」

「そいつは殊勝《しゅしょう》な心掛けだね。近頃、珍しい美談というべきだな。もっとも、男から見てだが」

「嘘《うそ》じゃないわ。だから、あのマンションも、今月中に引き払おうと思ってるの。あの人は、いつまで住んでてもいいっていってくれてるけど、社長になれば、忙しいのはわかっているし——」

「前の社長が、セスナで死んだ時のことは覚えているかね?」

「ええ。はっきり覚えてるわ。日曜日で、あの人が、昼からマンションに来てたわ。夕方、何気なくテレビのスイッチを入れたら、社長が、事故で死んだと、いきなり出たのよ。自分でも、血の気のひくのがわかったわ」

「その時の三田村忠雄の反応は?」

「社長の弟ですもの。すぐ、車を飛ばして現場へ駆けつけて行ったわ。あたしも同行したかったけど、そうするわけにもいかず、電気も点けず、しばらく、部屋の中で、じーっとしていたのを覚えているわ」

「あのセスナ事故、仕組まれたものだという噂を聞いたことはなかったかね?」

「事故の直後は、いろいろな噂があったわ。うちの社長は、やり手で敵が多かったから。

でも、結局、あの事故は、エンジントラブルか、操縦ミスということになったわ」

「君の好きな三田村忠雄が仕組んだとは思わなかったかね？」

「全然。だって兄弟じゃありませんか」

「だが、会社の実権を兄に握られて、毎日、うつうつとして楽しまなかったと、君もいった筈だ。四十五歳にもなってそんな状態だったら、ひょっとして、社長の椅子を狙ったかも知れん」

「馬鹿《ばか》なことはいわないで！」

ガチャンと、皿とフォークがぶつかって音を立てた。しかし、秋葉は、平然と、食べ終わり、煙草をくわえた。

「ところで、君自身のことだが、確かに殺されるような覚えはないかね？」

「ないわ」

「しかし、君は、今でも社長秘書をやっているんだろう？」

「ええ」

「しかも、現社長とは、愛人関係でもあった。上手くいけば、社長夫人にもなれる立場にいる。とすれば、君が気付かなくても、いろいろと、ねたまれたり、邪魔者扱いされたりすることは、当然あり得るね。一例をあげれば、三田村石油の社長になった三田村忠雄の夫人の椅子を狙っている女がいるとすると、その女にとって、君の存在は邪魔な筈だ」

「あたしは、今もいったように、社長夫人になろうなんて野心は持っていません」

「君はそうでも、相手は、そうは考えないかも知れないね」

6

彼女に名刺を渡して、小雨の中を事務所に戻ると、一時間ほどして、電話が鳴った。秋葉は、苦笑して受話器をつかんだ。案《あん》の定《じよう》、例の男の含み声だった。

「直接本人に会うなんて、どういう気なんだ？」

男は、咎《とが》めるようないい方をした。

「おれは、殺す相手のことを、徹底的に調べる主義でね」

「まあ、いいだろう。とにかく、君は、今日で二日間空費《くうひ》した。あと五日間の中《うち》に、佐久間理恵の死亡記事が新聞に出るようにするんだ。前金は払ったし――」

「監視の目も光ってるか」

「君が裏切ったら、彼女だけでなく、君の死亡記事も、新聞に載ることになるんだ」

「何故、あと五日間に拘《こだわ》るんだ？」

「今月末で、彼女は、あのマンションを出る。そうしたら、殺しにくくなるからだ」

「もっともらしい理由だな。もう一つ、何故、彼女を消したいんだ？」

「そんなことは、君の知らなくていいことだ。下手《へた》に嗅《か》ぎ廻《まわ》ったりせず、頼んだことだけやってくれればいいんだ。そうすれば、君も無事だし、成功報酬《ほうしゅう》として一千万円を送ってやるよ」

「そいつは有難いね」

秋葉の言葉の途中で、相手は、電話を切ってしまった。

秋葉は、窓の外に眼をやった。この辺りもビルが林立している。そのどこかの窓から、相手の男は、こちらを監視しているかも知れない。それに、相手は、一人でもなさそうだ。が、恐怖感は湧《わ》いて来ない。むしろ、面白くなりそうだという予感が、秋葉を興奮させる。

たった一人のOLを殺す。それだけでないものを、秋葉は、敏感に感じとったからだ。だからこそ、向こうも、殺し屋と間違えた秋葉に、前金を払ってまで、殺しを頼んだのだろう。

（飛行機事故と石油戦争、それに社長と愛人か）

事件になりそうなものが揃《そろ》い過ぎている。セスナが飛べる所といえば、東京なら、調布《ちょうふ》飛行場だろう。

秋葉は、まだ小雨の降る中を、タクシーを拾い、調布飛行場に向かって走らせた。彼は、途中で、後ろを見たりはしなかった。自分の行動が監視されているのはわかっているし、その結果、向こうが、どんな行動に出て来るかにも興味があったからだ。秋葉が殺し屋じゃないと気付けば、相手は、電話で予告したとおり、彼女と彼の二人を消しにかかってくるだろう。その時こそ、本当の危険が襲いかかってくるわけだが、それもまた面白い。

調布インターチェンジの北にある調布飛行場は、小雨に煙《けぶ》り、さまざまな色に塗られた民間の軽飛行機が、肩を寄せ合うように並んでいた。

ヒーターの効《き》いた車から降りると猛烈に寒い。秋葉は、コートの襟を立て、近くにあったプレハブ造りの事務所に飛び込んだ。

革ジャンパー姿の中年男が、ひとりで、石油ストーブにあたっていた。壁の黒板には、飛行スケジュールのようなものが書いてある。

「あんた、誰だい？」

男は、うさん臭そうに、秋葉を見た。

「一か月前の飛行機事故について聞きたくてね」

秋葉は、勝手に空いている椅子に腰を下ろした。

「新聞記者《ブンヤ》さんか？」

「似たようなものだ。一か月前に、三田村大造という石油会社の社長が、セスナで事故を起こして死んだね？　覚えているかい？」

「覚えているとも。その時は、やたらに質問されたからね」

「あんたの仕事は？」

「ここで、操縦を教えている」

「三田村大造も、あんたの生徒だったわけか？」

「形の上ではね。だが、あの人は、もうベテランだったよ。一週間に一度は乗っていたからね。だから、あの日だって、安心して、単独飛行をやらせたんだ」

「だが事故が起きた」

「ああ。視界良好、風速は二メートルの微風。事故の起きる条件なんか何もなかったのにね」

「専門家のあんたが見て、何故、墜《お》ちたと思う？」

「わからんね。操縦ミスと書いた新聞もあったが、あの人ほどのベテランが、そんなヘマをやる筈がないし、セスナは安定のいい飛行機だからね」

「じゃあ、エンジントラブル？」

「エンジンは前日の土曜日にチェックしたよ。一つだけ、おれが気になったのは、墜落した河原の近くの人が、ドカンという爆発音を聞いたといっているんだ」

「じゃあ、時限爆弾を仕掛けられた可能性もあるわけだな？」

「しかし、証拠はない。エンジン部分は、こっぱみじんになっていたし、爆発音を聞いたという人は一人しかいなかったからね」

「だが、面白い話だ。社長のセスナは、誰にでも、すぐわかったかね？」

「名前がついていたからね。マキ号だ」

「変な名前だなあ」

「奥さんの名前が真樹子《まきこ》で、それをつけたということだったね。何でも、奥さんもすごい金持ちの娘で、あのセスナは、奥さんのプレゼントだったたって話だよ」

「三田村社長の弟を知っているかね？　年齢は四十五歳。フォードムスタングに乗っている男だ」

「知っているよ。弟さんも、奥さんも、時々、ここへ来たし、三田村さんは、家族を乗せて、飛ぶことがよくあったからね」

「事故のあった日に、家族はここへ来たかね？」

「さあ、おれは、あの時、飛行場の隅っこの方で、卵たちを教えてたからわからんね」

「彼の飛行機が飛び立った正確な時間は？」

「午前十一時。いつも、あの社長さんは、その時間に飛び立って、二時間ばかり飛行して帰ってくる。あの日は、三時間たっても、四時間たっても帰って来ないんで心配してたら、午後四時過ぎに、多摩川の河原に墜落しているのが見つかったんだよ」

（午前十一時か）

秋葉は、ステーキハウスで、佐久間理恵から聞いた言葉を思い出した。彼女は、事件の日、愛人の副社長が十二時に来たといった。しかも、あの白亜レジデンスは、甲州街道に近く、この飛行場から車を飛ばせば、一時間とかからない筈だ。

会社の実権を握っている兄、四十五歳になっても、名目だけの副社長の椅子で、うつうつと楽しまず、若いOLとの情事で気をまぎらわせていた弟、ふと、自分を抑《おさ》えつけて来た兄を殺し、会社の実権を握りたいという野心に燃えたとしても不思議はない。そして、計画どおり社長の椅子についた彼は、自分と長くつき合っていた女を消しにかかった。理由はわからない。自分のことを知り過ぎているからか、それとも、一緒に寝ている時、ついうっかり兄を殺すことを話してしまったか。そんなところだろう。

秋葉は、墜落したセスナと同じ型の飛行機を見せて貰った。座席は四つ。エンジンカバーを外すと、かなり空間があることがわかった。これなら、エンジン部内にでも、座席の後部にでも、時限爆弾は仕掛けられるだろうし、時計仕掛けでセコンドの音がしていても、エンジンの音で、気付かなかったろう。

中年の教官に礼を述べ、相変わらず降り続く氷雨《ひさめ》の中を、秋葉が事務所に戻ったのは、夕暮が濃くなってからだった。

ドアを開け、明かりのスイッチを手探《てさぐ》りで押そうとした瞬間、いきなり、後頭部をしたたかに殴りつけられた。

7

一七五センチの彼の身体がよろめく。秋葉は、自分から、わざと、ダイビングするように床に転がり、部屋の隅《すみ》まで滑《すべ》っていって、倒れたまま、じっと動かずに、眼だけドアのところに向けた。それは、襲われた動物が、仮死をよそおうのに似ていた。暗さに眼が慣れるにつれて、ドアのところに、黒い人影が見えてきたが、その影は、ふいに、ドアの外に消え、足音が遠ざかって行った。

秋葉は、ゆっくりと立ち上がり、殴られた首筋を撫《な》でながら明かりをつけた。殴ったのは手らしく血は出ていないが、ズキズキするのは、相手に空手の心得でもあるのか。

電話が鳴った。秋葉は、受話器をつかむ。

「今のは警告だ」

と、例の男の含み声が聞こえた。

「ご苦労なことだな。息が弾《はず》んでるじゃないか。このビルから逃げ出して、近くの公衆電話からでも掛けてるのかね」

「余計なことをいうな。今月一杯の仕事だということを忘れるな。それから、調布飛行場なんかへ行けといった覚えはないぞ。殺し屋が殺されるような妙なことにならないように注意するんだな」

それだけいうと、相手は、勝手に電話を切ってしまった。秋葉は、思わずニヤリとした。この雨の中を、調布飛行場まで尾行して、警告したということは、何か向こうに隠したい証拠があるからに違いないからだ。秋葉は、冷蔵庫の上に投げ出してあった西洋梨《なし》を噛《かじ》りながら、相手が、今月末までと限定する理由を考えてみた。佐久間理恵が、今月末であのマンションを引っ越すからだと、相手はいったが、勿論、秋葉は信じていなかった。

秋葉は、彼女のダイヤルを回した。また、いくらか甘い感じの声が聞こえた。

「今日会った秋葉京介だが、一つだけ頼みたいことがある」

「どんなこと？」

「君の副社長、いや今は社長か。彼に一度会いたいんだがね」

「無理よ」

「君から頼んでくれれば、何とかなる筈だ」

「今月一杯は駄目だわ。関西に出張なさっているから」

「関西に、何しに？」

「大阪に、サンオイルカンパニーという会社があるのよ」

「知っている。石油会社としては、大メーカーだ。アメリカ系資本の」

「そこの社長に招待されたのよ」

「用件は?」

「一応は新社長を歓迎したいということだけど、合併の話だと思うわ。前の社長の時から、向こうは、合併の話を、時々、持ちかけて来ていたから」

「今の社長は、それに乗り気なのか?」

「いいえ。亡くなった社長も、今の社長も反対の筈よ。合併になれば、資本力が段違いだから、うちの会社なんか、向こうに呑《の》み込まれてしまうし、向こうが欲しいのは、カリマンタンの採掘権だってこともわかってるし——」

「そういえば、サンオイルカンパニーの方は中東石油一本で、今、苦しい立場だな。それなのに、何故、社長は、のこのこ大阪まで出かけて行ったんだ?」

「サンオイルの社長は、うちの大株主だからだと思うわ。三〇パーセントぐらい持ってるんじゃないかしら」

「果たして、それだけの理由かな?」

「どういうこと?」

「いや、こっちのことだ」

秋葉は社長の泊まっているホテルの名前を聞いてから、電話を切り、喰《く》いかけの梨を、屑籠《くずかご》に放り込んだ。

(アリバイ作りではないのか)

すぐ秋葉の頭に浮かんだのは、そのことだった。佐久間理恵が殺されれば、一番最初に疑われるのは、彼女を囲っていた現社長の三田村忠雄だ。サンオイルカンパニーの社長に招待されて、大阪にいる間に、彼女が消せれば、完全なアリバイが成立する。電話の男は、多分、三田村忠雄の忠実な番犬だろう。彼が、今月末までにと、やたらに日時に拘《こだわ》るのは、そのために決まっている。三田村忠雄が、東京に帰って来てからでは、完全なアリバイがなくなるからだ。他に考えようはない。

(だんだん面白くなる)

と、秋葉は、不敵に笑った。こんな時が一番楽しい時だ。そして、一番危険な時でもある。

翌日、階下の郵便受には、タイプ印刷された封筒が入っていて、「あと四日。約束を忘れるな」と書かれた便箋が入っていた。勿論それも邦文タイプだ。

苦笑しながら事務所にあがると、電話が鳴っていた。また、あの男からの殺しの催促《さいそく》かと思ったが、証券会社の友人からだった。

「例の三田村石油の株がまた上がっているぞ。買い時だと思ってね。冒険なんかやめて、金儲《かねもう》けをやったらどうだ」

「昨日の夕刊で、また五円上がったのは知ってるよ」

「いや、今日も、また上がっている。上がり過ぎると思ったら、どうやら、誰かが買い占めをやっているらしい」

「誰だい？」

「わからん。だが、一人だけちゃんと名前をいって買っている男がいる。三田村石油の営業部長だ。もっとも、彼は社長の命令で、買い支えているんだがね」

「必死になって、乗っ取られるのを防いでいるというわけか」

「もっとも、彼は、そういうことは秘密にして欲しいといっている。変な噂が流れるのが怖《こわ》いんだろう。だから、その営業部長も、肩書きのない、個人の資格で買っている。表向きはね」

「買い占めをやっているのは、サンオイルカンパニーだよ。多分」

「あの大資本が？」

「まず間違いないな。もっとも、おれには関係がないが、君へのお礼だ」

「いや、有難う。あの大資本が乗り出しているとなると、当分、三田村石油は上がり続けるな」

「君が買って儲けるんだな」

　それだけ言って、電話を切ると、秋葉は、大阪へ行くことにした。佐久間理恵を殺させたくない。そのためには、まず、現社長の三田村忠雄に、じかにぶつかってみることだと考えたからである。このままでいけば、相手は、彼女と秋葉の二人を消しにかかるだろう。

秋葉は、その日の中《うち》に、新幹線に乗り、午後四時には新大阪に着いていた。

ニューロイヤル大阪ホテルに、三田村忠雄は、丁度《ちょうど》、サンオイルカンパニーの社長との会合から戻って来ていた。

秋葉は、フロントで、六〇一二号室の三田村忠雄に、サンオイルカンパニーの弁護士だと伝えてくれといい、ロビーのソファに腰を下ろした。

しばらくして、四十歳位に見える、痩《や》せて背の高い男が降りて来て、フロントの指さす秋葉の方を見た。銀縁の眼鏡がいくらか嫌味だが、紺のダブルが長身に似合っている。その男は、怪訝《けげん》そうな顔で、秋葉の前に腰を下ろすと、

「私が三田村だが、あなたのような弁護士が、サンオイルカンパニーの吉村《よしむら》社長の弁護士にいるとは知らなかったが」

「弁護士というのは嘘ですよ。そういわないと会ってくれないと思いましてね」

「君は一体誰だ？　何の用だ？」

「名前は秋葉京介。佐久間理恵という若い女のことで、わざわざ東京からやって来た男です」

「佐久間理恵のことで？」

「もし、彼女が殺されたら、僕は、あなたが、大阪にいるアリバイを作っておいて、ひそ

かに東京に舞い戻ったと警察に証言しますよ。それは覚悟して貰いたいと思いましてね」

「彼女が殺される？　君の言ってることは、何のことか、さっぱりわからんね」

三田村忠雄は、眉《まゆ》を寄せた。秋葉は、この狸《たぬき》が、と内心思いながら、顔だけは、ニヤッと笑って見せた。

「とにかく、彼女が死んだら、僕は、あんたが殺したと偽証する。それを覚悟して貰いたいですね」

「まるで、私が、彼女を殺したいみたいないい方だが」

「違うんですかと聞いても、まともな返事はなさらんでしょうが、僕は、しつっこい人間でしてね。一人の人間を救うためなら、どんな卑劣《ひれつ》な手でも使う。偽証でもなんでもね」

「君は、何か誤解しているようだが、私がここへ来たのは――」

「サンオイルカンパニーの社長に、合併の話で呼ばれたからでしょう？」

「そうだ。すぐにも帰京したいんだが、いろいろと引き止められるし、今月末といってもあと四日だが、最後の返事をしてくれといわれているんでね」

「それが同時にアリバイ作りにもなる」

「どうも、君の言うことはよくわからんが、明日、ゴルフでもやりながら、ゆっくり話し合おうじゃないか。彼女のことなら、私も気になるからね」

「いいでしょう」

「午前中は、吉村社長と会う約束なので、午後二時からにしよう。このホテルの経営しているコースが裏にあるから、ここで待っていてくれ給え」

8

翌日の午後二時かっきりに、三田村忠雄はロビーに姿を現わし、秋葉を誘って、ホテルから歩いて五、六分の林間コースに出た。服装も、クラブも借りものである。

「君は、彼女と、どんな関係かね？」

三田村は、ボールをティーアップしながら、秋葉に話しかけた。

「別に何の関係もありませんがね」

「ふーん」

三田村は、鼻を鳴らしてから、第一打を打った。風は冷たいが、晴れ渡っていて気持ちがよかった。秋葉も黙って、ドライバーを持った。二人ともだいたい技倆《ぎりょう》は同じくらいで、池越えで、二五〇ヤードばかり飛んだ。

秋葉は、並んで歩きながら、相手の様子を窺《うかが》った。が、別に動揺した色も見せていない。相当な狸だなと思いながら、並んで、池にかかった狭い木の橋を渡り始めたときである。

突然、冬の静寂な空気を引き裂いて、銃声がとどろいた。

右隣を歩いていた三田村が、「うッ」と呻《うめ》き声をあげて、橋の上によろめいて腰をついた。秋葉も、とっさに身体《からだ》を屈《かが》め、右手の丘に眼を走らせた。

三田村は、腰をついたまま、右手を押え、呻き声を上げている。上膊《じょうはく》部の辺りから血が流れ、白いセーターを、朱《あか》く染めているのが見えた。

二発目は飛んで来なかった。五〇メートルばかり後についていたキャディは、呆然《ぼうぜん》として橋のたもとの所で立ちすくんでいる。

「大丈夫ですか？」

秋葉は、ハンカチで、相手の傷口を押さえてやりながらきいた。

「大丈夫だ。かすっただけだ。犯人は？」

「もう、とっくに逃げちまったでしょうね。あの丘の向こうは道路になっている筈ですから。それに、これは、あんたを狙ったんじゃなくて、狙いは僕ですよ。それも、警告で撃ったんです」

「警告？」

三田村は、右腕を押さえて、のろのろと立ち上がった。かすっただけだというのは本当らしく、血は、もう、止まっているようだった。さすがに蒼《あお》い顔をしていたが、動作は落ち着いていた。

「これじゃあ、もうスイング出来ん。誘っといて悪いが、ホテルに帰らせて貰うよ」

「賛成ですね。僕も、こんなに見晴らしのいい場所で、もう一度、警告されるのは、嬉《うれ》しくありませんからね」

二人は、ホテルに帰り、秋葉は、自分の部屋に入った。

ベッドに近い電話が鳴り「東京からです」と、交換手がいったのは、三十分ぐらいしてからだった。例の含み声だった。

「何故、そんな所にいるんだ？　おれが頼んだのは、東京に住んでいる女だぞ」

「わかってるよ。だが、おれは、一寸《ちよつと》野次馬精神が旺盛《おうせい》なんだ。それにしても、わざわざここまでやって来て警告するのはご苦労さんだが、やるなら、もっと上手にやるんだな」

「何のことだ？」

「惚《とぼ》けなさんな。発砲するのは自由だが、君の親玉を怪我させることはないだろう。あんな粗末な腕じゃ、おれに頼む筈だ」

「一体、何をいってるんだ？」

「撃つときは、慎重にやれということさ」

いいたいことだけいって、電話を切ってしまった。が、切ってから、秋葉の顔色が変わった。あわててもう一度、受話器を取り、交換手に聞いたが、東京からに間違いないという。秋葉は、じっと腕時計に眼をやった。ゴルフ場で狙撃《そげき》されてから、まだ一時間しかたっていない。例の電話の男が犯人なら、一時間後に東京にいることは、物理的に不可能だ。飛行機を使うにしても、ここから伊丹《いたみ》の飛行場へ行くまでに、二十分はかかってしまうだろう。すると他にも仲間がいることになるが、そうなら、何故、あんな驚いたような電話になったのか。

（ひょっとすると、おれは大変な間違いをしているのかも知れない）

秋葉は、部屋を飛び出すと、三田村忠雄の泊まっている六〇一二号室に向かって、廊下を走った。

三田村は、右腕に包帯をし、パイプをくわえて、書類に眼を通しているところだった。

「あなたに聞きたいことがある」

秋葉は、立ったまま、まっすぐに相手を見た。

「何だね？」

「前の社長を、飛行機事故に見せかけて殺したのは、あなたか？」

「兄を？　冗談じゃない」

「じゃあ、あれは単なる事故だと？」

「いや。私は、兄の死に疑問を持って、警察に再調査を頼んだ」

「先廻りして、疑いを解く方法をとったのかも知れない」

「ノーだ。あの時、警察も新聞も、エンジントラブルか、操縦ミスということで片付けていた。だが、私は信じられなくて、調査を頼んだんだが、結局、うやむやになってしまったがね」

「あなたは、サンオイルとの合併に賛成なんですか？」

「いや、兄も反対だったし、私も反対だ。それは、今日、吉村社長に会った時も、お話ししておいた」

「反対なのに、何故、大阪に来て、一週間もいるんです？」

「それは、さっきも話したとおり、相手は大株主だからね。それに、私は、この際、吉村さんの持っている三〇パーセントのうちの株を買い戻させて貰おうと思っているんだ。中東があんな具合で、うちの社のカリマンタン開発が注目され出したから、なかなか手放してはくれないだろうがね」

「あんたは、自社株をどの位、持っているんです？」

「三二パーセント。私の、というより兄から譲られた形のものだがね」

「あなたが死んだら、三田村石油はどうなります？」

「さあ、どうなるかな。私は独り者だし、死んだ兄に子はないからね」

「未亡人は？」

「義姉《あね》は病弱だし、会社の仕事には、興味のない人だ」

「すると、大株主のサンオイルカンパニーが乗り込んでくることも考えられますね」

「君は、何がいいたいんだ？」

「あなたが、こっちへ来ている間、営業部長が、株を買い集めているそうですね？」

「よく知ってるな。どうしても、過半数を持っていたいのでね。業績があがっている今、会社の基礎を盤石《ばんじやく》なものにしておきたいんだ」

「営業部長個人の名前で、買い集めていますね？」

「ああ、私の名前で集めれば、すぐ噂がたって、乗っ取り屋が介入してくる恐れがあるからね」

「それは、営業部長の進言ですか？」

「そうだ、私も賛成した」

「ところで、佐久間理恵のことに話を移しますが、彼女を、どう思っているんです？」

「何故、そんなことを、君にいわなきゃいかんのかね？」

「理由はいえませんが、誰かの命がかかっていると思うからです。単なるセックスの相手ですか？」

「最初は、そうだった。だが、そういかなくなった。それは――」

「彼女が妊娠した？」

「何故、知っている？」

「今、直感的に閃《ひらめ》いたんです」

「今、三か月だ」

三田村は、低い声でいった。

「彼女は、堕《おろ》すといった。が、私は産めといった。まあ、私としたら、不器用なプロポーズの積もりだったんだがね」

「あんたは、今でも、お兄さんの死が、単なる事故や操縦ミスじゃないと思っていますか？」

「ああ。兄に、セスナに乗せて貰ったことがあったが、操縦は慎重だったし、少しでも、エンジンの音がおかしいと、すぐ飛行場へ引き返した。そんな慎重な兄が、操縦ミスを犯す筈がないからね」

「そのことを、警察の他に、誰かに話しましたか？」

「彼女にだけは話したよ」

「そうですか――」

秋葉は、急に、部屋の中を、熊《くま》のように歩き廻り始めた。三田村が、椅子に腰を下ろしたまま、怪訝《けげん》そうに見上げて、

「一体どうしたんだ？　さっきは、彼女が死んだら私をどうかすると脅したり――」

「さっきの事件は、警察にいいましたか？」

「一応知らせておいたよ。君が来る少し前に刑事が二人来て、事情を聞いて帰ったところ

だ」

「それはよかった。警察がうろついてくれれば、向こうも、一寸、手を出さなくなるでしょう」

「あれは、君を狙ったんじゃないのか？　君は確かそういった筈だ」

「そうしておきましょう。ところで、サンオイルカンパニーは、アメリカ系資本だから、在日米軍にも、石油を供給しているんでしょうね？」

「そういう話だ」

「それなら、米軍から銃を手に入れるのも楽ということになる――」

「何だって？」

「いや、独り言です。あなたが、最終的な返事をするのは、三日後でしたね？」

「そうだ。答えはノーと決っているがね」

その言葉の途中で、秋葉は廊下に出て、自分の部屋に向かって歩き出していた。

（陰謀か）

と、秋葉は、蛍光灯の光る廊下を歩きながら呟《つぶや》いた。

（このおれが、それに引っかかるところだった）

9

翌日、秋葉は、東京に戻ると、忙《せわ》しく、東京の街を歩き廻《まわ》った。

まず、三田村石油に電話し、それから、あるマンションに出かけ、上野《うえの》に廻《まわ》ると、どんな鍵《かぎ》でも作ってみせるというオヤジに、鍵型を渡して頼んだ。

その鍵が出来るまでの間、証券会社の友人に電話し、三田村石油の株の動きを聞いた。

思ったとおり、依然《いぜん》として上がり続けているが、三田村石油の営業部長が、個人の名前で、買い集めているという。

「おれも便乗して、二日で二十万ばかり儲けさせて貰ったよ」

と、友人はご機嫌な声でいった。

鍵が出来ると、秋葉は、前のマンションに引き返し、いったん事務所に戻った。郵便受を見たが、例の封筒は入っていなかった。暗くなるまでソファに横になっていたが、例の電話も掛かって来なかった。

(どうやら、思った通りだ)

と、コンクリートが剝《む》き出しの天井を見上げて、秋葉は、小さく笑った。しかし、その笑いは、会心のものではなかった。昨日まで、完全に、ある人間のトリックに引っかかってしまっていたからだ。腹が立つ。が、怒るに怒れないところがあるから、秋葉は、笑うより仕方がない。

秋葉は、少し眠った。

彼は、どんな時でも夢を見ない。目覚めた時、外も、事務所の中も暗くなっていた。

窓を開けると、寒い凍りつくような冷たい風が吹き込んで来た。どうやら、今年になって、一番の寒さのようだ。

秋葉は、顔をしかめながら、テープレコーダーを組み込んだＦＭラジオを提《さ》げて事務所を出た。

電車に乗り、ある駅でおり、今日きたマンションの近くの小さな公園のベンチに腰を下ろした。

三十坪ぐらいの小さな公園の中に、この寒さでは、アベックの姿もない。秋葉は、コートの襟を立て、煙草に火をつけた。今夜は、多分、夜通し、こうしていなければならないだろう。

風が出て来て、無人のブランコを、ガタガタゆする。それが、一層、彼に寒さを感じさせた。

（今度は、南洋諸島あたりの仕事をやりたいものだな）

秋葉は、二本目の煙草に火をつける。寒さは苦手だった。気のせいだろうか、煙草の火がついている時だけは、温かく感じられた。

彼の足元に、煙草の吸殻が多くなり、それにつれて、冬の夜が、少しずつのろのろと明けていった。一度、警邏《パトロール》の警官が来たが、その時は、公園内のトイレにかくれ、またすぐベンチに戻った。ここにいることが必要だったからである。

朝が来ると、秋葉は、白い息を吐きながら立ち上がり、公園を出ると、疲れた顔で、自分の事務所に戻った。

ウイスキーをたらした熱いコーヒーを一杯のみ、そのあと、冷蔵庫を開け、昨日盗み出したものが、トランクに入ったまま、そこにあるのを確かめてから、ソファに横になると、泥のように眠りこけた。

途中で例の電話で起こされることもなく昼過ぎまで眠り続けた。そのあと昼食をとり、三時に郵便受を見に階下に降りてみたが、タイプ印刷された封筒は入っていなかった。期限まで、あと二日になったのに、催促の電話も鳴らない。秋葉の予期した通りだった。彼の推理が当たったのだ。

夜七時過ぎに、秋葉は、テープレコーダーを持って事務所を出た。相変わらず寒い。吐く息が白くなる。

秋葉は、管理人室で在宅を確かめてから、そのマンションの階段を上っていった。正確にいえば、公庫分譲住宅というべきなのだろうが、秋葉には、鉄とコンクリートで出来た高層住宅は全て同じに見える。

「高見沢《たかみざわ》」と書かれたドアをノックし、顔を出した四十五、六の男を、押し込むように、秋葉も、部屋に入った。

小柄な相手の男は、秋葉に押されてよろめきながら、血相を変えて、彼を睨《にら》んだ。

「何だ！　君は」

「秋葉京介。あんたは、三田村石油の営業部長、高見沢喬一郎《きょういちろう》だろう？」

「それがどうした？　私は、お前みたいな男は知らん」

「こっちも、初対面でね。細君や子供は？」

「用があって、故郷《くに》に帰ってる。それがどうした？」

「道理で、昨日、あんたの留守中に入った時も、誰もいないと思った。あんたのためにも、その方がよかったがね」

「泥棒か？　きさまは」

「泥棒が、ドアをノックして入るかね？」

「じゃあ、何だ？」

「忘れ物を取りに来たのさ」

秋葉は、相手を無視して、さっさと、電話のある居間に入って行った。呆気《あっけ》に取られていた相手は、急に、傍にあった、ステンレス製の柄《え》の長い靴ベラをつかんで振りあげた。

気配でふり向いた秋葉が、ニヤッと笑った。

「そんなものじゃあ、人間は殺せないねえ」

その一言で、相手は、気勢をそがれたように、のろのろと、振りあげた靴ベラを下におろした。

秋葉は、電話の置いてあるテーブルの下から、マッチ箱大の小さな黒いケースを取り出して、相手に見せた。

「忘れ物はこれさ。おれは、こういうオモチャは嫌いなんだが、相手が、あんたみたいな人間じゃあ、使うより仕方がなかった。表面上は、勤続二十年。非のうちどころのない生《き》真面目《まじめ》なサラリーマンだからな」

「そいつは――？」

「今はやりの盗聴器だよ。昨日の昼間、ここに仕掛けて、昨夜は、徹夜で、君の電話を録音させて貰った。おかげで、一寸、カゼを引いたがね」

秋葉の言葉で、高見沢の顔色が変わった。が、秋葉は、それを完全に無視して、小型の盗聴器をポケットに放り込み、煙草をくわえて、無表情に相手を見た。

「夜中に、あんたが、大阪のサンオイルカンパニーの社長に電話した言葉を、この前の公園で、録音させて貰ったよ。三田村石油の株を、やっと二〇パーセント以上、買い集めたと報告していた言葉をね」

「金が欲しいのか？　それなら——」

「金は、もう貰ってある」

「誰からだ？」

「それは、あんたには関係ない」

「私をどうする積もりだ？」

「さあ、どうするかな。三田村石油生え抜きのあんたが会社を裏切った。その気持ち、わからないじゃないからね。男という奴は、ふと野心に燃える時があるものだからな。あんたが、自分の個人名義で三田村石油の株を集めた。それが二〇パーセントを越せば、サンオイル社長の持株と合せて、株主総会を牛耳《ぎゅうじ》って、今の社長を追い出せる。あんたは、その功績として、何を約束されたんだ？　社長の椅子か？　いや、社長は、サンオイルから送り込まれてくるだろうから、君はせいぜい副社長だな。それでも、営業部長で終わるよりマシというわけか」

「君が何といおうと、私の集めた株は、私の個人名義になっている。私がどうしようと私の自由だ」

「しかし、その金は、君を信用した三田村忠雄が出したものだろう。サンオイル側は、合併の相談という名目で、三田村忠雄を一週間大阪に釘付《くぎづ》けにしておいて、その間に、裏切り者の君が、大わらわで株を集めていたというわけだ。乗っ取り屋の介入を防ぐために、君の個人名義で株を集めておくというのは上手い言葉だったな。三田村忠雄は、すっかり君の言葉を信用していたからね」

秋葉はいったん、言葉を切り、相変わらず冷静な眼で中年のサラリーマンを見た。

「多分、あんたは、昨日までに、見通しをつけて、サンオイル側に連絡する筈だった――」

「何故、そこまで知っているんだ？」

驚愕《きょうがく》の色が、高見沢の眼に表われた。それは、怯《おび》えの色でもあった。

「一寸した推理だよ。君からの報告がなく、三田村忠雄が、重ねて合併を拒否したので、サンオイル側は、昨日、非常手段に出た。君が昨日、見通しが立ったと報告していれば、銃を使うような馬鹿なマネはしなかった筈だからな」

「何といおうと、私の株で、われわれは勝ったんだ。次の株主総会で私は副社長になる！」

高見沢は大声でいい、居間の本棚に向かって突進した。本棚の下段の扉を大きく開けた。が、そこで、彼は呆然と立ちつくしてしまった。秋葉は彼の背に向かって、冷ややかに、

「君が集めた株は、おれの冷蔵庫の中だよ」

「盗んだな！」

「君が盗んだようにね。もう一つ。セスナに細工して、前の社長を墜死《ついし》させたのも多分、君だろう。中年を過ぎて、急に野心に燃えると、男は見境《みさかい》がつかなくなるものだからな」

「証拠があるか！」

「ないさ。だが、ここに、君が、自分の会社を裏切った証拠のテープがある。君を社会的に葬《ほうむ》るのは楽だよ」

「私にどうしろというんだ？」

高見沢は、急に、がっくりと肩を落とした。もともと、野心に見合うだけの度胸のない男だったのだ。それが普通だろうが。

「やって貰いたいことが二つある。第一は、すぐ辞職願いを出すんだな。懲戒免職《ちようかいめんしよく》になって、ブタ箱行よりマシだろう。理由は、株集めで疲れ切ったでもいい。三田村社長は、君に感謝して、規定以上の退職金を出すだろう。それで、第二の人生を始めるんだな。第二は、サンオイルカンパニーに電話して、計画は失敗し、このままでは、刑事事件にサンオイルを巻き込みかねないというんだ。それを救う道は、三田村石油の株を一刻も早く手放して、無関係であることを立証するよりないとね。それが嫌なら、このテープを公開するより仕方がない。そうなれば、退職金も貰えず、臭《くさ》い飯を喰うことになるがね」

「わかったよ」

五十歳の営業部長は、急に、十歳も年とったような声を出し、大阪のダイヤルを回した。

一週間前には、彼に出世を約束する筈だったダイヤルをである。

10

月が替わった日の夕方、少し酔って、秋葉が事務所に戻ると、佐久間理恵と、もう一人、若い男が、ソファに腰を下ろして、彼を待っていた。

「あたしの弟で、S大学へ行っている昇一《しよういち》です」

彼女は、例のいくらか甘い感じのするアルトでいった。秋葉は、二人の前を通り過ぎ、机に腰を下ろして煙草をくわえた。

「それで、姉弟で、僕をペテンにかけた言いわけに来たというわけかね」

「悪いとは思ったんですけど、他に方法がなくて」

「成程ね」

「あの人から、前社長は殺されたに違いないと聞かされました。そこへ、サンオイルのような大きな会社が、うちを系列下へ入れようと動き始めたんです。弟から、今の企業間の戦争は生きるか死ぬかだと聞かされて、大阪へ行ったあの人が心配になって来ました。サンオイルは、どうしても、うちを併呑《へいどん》したがっていたからです。でも、女のあたしには、どうしたらいいかわかりませんでした。警察に行っても、事件が起きていないのだから取り扱ってくれないし、大きな探偵社は、相手がサンオイルと知ると、すぐ断わってしまうんです。市場調査なんかのお得意だというので。そうかといって、小さな探偵社は、信用おけませんし」

「それで、僕に白羽《しらは》の矢が」

「ええ。あなたという人は、危険なことが好きで、頼んだことは、必ずやり遂《と》げて下さる人だと聞きました。でも、気に入らないと動いて下さらないというし、漠然《ばくぜん》と、社長を守ってくれというだけで、引き受けて下さるかどうかわからなくて」

「それで、僕が姉に智慧《ちえ》をつけたんです」

と、大学生だという弟がいった。

「あなたを、殺し屋と間違えたふりをして、姉を殺してくれと金を送りつけました。あなたは、きっと、興味を持って、姉のことや、その周囲の人間を調べるに違いない。僕は、調べるなといえばいうほど逆に、やっきになって調べると計算したんです」

「君は、大学で心理学でもやっているのかね？」

「専攻は犯罪心理学です」

「やれやれ」

「そして、姉と関係のあった三田村忠雄氏を疑い、大阪まで行くだろうと思いました。あなたが、彼のまわりを調べ廻ってくれれば、それだけで、サンオイル側も、手を出すのを控えるだろう。上手くいけば、前社長を殺した犯人を見つけてくれるかも知れない。そう考えたんです。上手くいったようにみえたんですが、大阪のゴルフ場で、社長さんが狙撃《そげき》されたときは、蒼くなりました」

「君みたいな若僧に、まんまと引っかかったのは生まれて初めてだよ。しかし、姉さんが、あまりにも、会社の内部事情まで、簡単に話してくれるので、最初から少しはおかしいと思ったがね」

「あたしが悪いんです」

と、彼女がいった。

「あなたのおかげで、あの人が無事に帰って来て感謝しています。ただ、営業部長の高見沢さんが、急に辞《や》めたり、あんなにうちの会社を、系列下に置きたがっていたサンオイルが、急に、うちの会社の株を手放したり、わからないことが続いているんです。秋葉さんは、その理由を知っていらっしゃるんじゃありませんか？」

「僕は、会社内部のことには興味はない」

「そうですか。じゃあ、約束の一千万円を受け取って下さい。約束ですから」

「それは、君を殺したら貰う約束の金だから貰えないな。危険は好きだが、人を殺す趣味はない。それに、君を殺すことは、二人の人間を殺すことになる」

秋葉の言葉で、彼女の顔が赧《あか》くなった。

「ただし――」と、秋葉は、ひょいと机から床に降りて、姉弟を見た。

「一つだけ要求がある」

「何でしょう？」

「まず、二人に立って貰おうか」

「――」

姉弟は、不安気な表情で、ソファから立ち上がった。

秋葉は、煙草をくわえたまま、ゆっくりと二人に近づき、いきなり、弟の方を思い切り殴りつけた。背の高い弟の身体は、ドアのところまで吹き飛び、派手な音を立てた。

姉の佐久間理恵が悲鳴をあげた。

秋葉は、のろのろと立ち上がる弟のほうに向かって、ニヤッと笑いかけた。

「この間殴られたお返しだ。このくらいの力があれば、本物の殺し屋になれるかも知れんな」

危険なスポットライト

1

「早くいえば、僕に、その小娘《こむすめ》のボディガードをやってくれということなんだろう?」

秋葉京介は、相手の言葉を途中でさえぎって、いくらか、面倒くさそうにいった。

男は、銀縁《ぎんぶち》の眼鏡《めがね》を、両手で持ちあげるようにしながら、

「小娘じゃありません。浅井京子《あさいきょうこ》は、スターですよ。今や、新人歌手のナンバー・ワンで、若者の間の人気投票でも、一位になっているスターです」

「だが、十八歳の小娘なことは確かじゃないか」

秋葉は、冷ややかにいった。彼は、好き嫌《きら》いの激しい男である。テレビが嫌いだから、彼の事務所には、テレビが置いてない。何事につけても、プロには敬意を表するが、アマチュアは軽蔑《けいべつ》する。テレビ嫌いも、今、テレビに出てくるタレント、特に、歌謡番組に出

てくるタレントの大部分がプロに見えないということである。

だから、当然、浅井京子などという若い女性歌手の名前も知らなかった。

「他の私立探偵に頼んだらどうだね？　職業別電話帳をめくれば、いくらでも出ているよ」

「そのくらいのことはわかっています。だが、信用のおける大きな探偵社は、ボディガードの仕事は引き受けてくれないし、個人の私立探偵は、信用がおけませんしね」

「僕なら信用がおけるというわけか？」

「あなたに、事件を解決して貰《もら》った有名人から、聞いて来たのですよ。その人によれば、あなたは、どんな危険にでも平気で飛び込んでいくし、約束したことは、必ず果たしてくれるといっていました。その人の名前は――」

「僕は、過去は忘れることにしている。そのほうが、お互いに生き易《やす》いからな」

「お金なら、そちらの望むだけ払いますよ」

「金か。金より僕には、欲《ほ》しいものがある」

「何です？」

「強《し》いていえば、緊張感だ。危険な状況といってもいい。生き甲斐《がい》の感じられる状態だ。ジャリタレのお守《も》りに、そんな緊張感があるかね？」

「彼女は、まだ十八歳ですが、大人《おとな》の歌を唄《うた》える歌手です」

「そんなことをきいているわけじゃない。ただのお付きだったら、ファンの若者がいくらでもいるだろうから、そいつらに頼めといってるんだ。ニキビの華《はな》やかな、もやしみたいにひょろ長い奴等《やつら》さ。喜んでやって来るんじゃないのか」

「そんなことじゃ安心出来ません」

「まさか、彼女の命が狙《ねら》われてるわけじゃないだろう?」

「ひょっとすると、そうなるかわかりません」

「ふーん」

「実は、明後日《あさって》から一週間、新宿《しんじゆく》の宝《たから》劇場でリサイタルをやるんですが、同じ新宿の東《とう》亜《あ》劇場で、中島《なかじま》ユカが、期日も同じく一週間、リサイタルを開くというんです」

「興味はないね」

「とんでもない。これは、明らかな挑戦ですよ。こっちのほうが先に企画を決めていたのに、向こうが、殴《なぐ》り込んできたわけですからね」

男、名刺によれば、明和《めいわ》プロダクションの企画部員、伊東克己《いとうかつみ》は、血色《けつしょく》のいい顔に、汗を吹き出しながら、熱心にいった。が、秋葉は、空返事《から》をしただけである。眼の前の男にとっては、どんな大事なスターかもしれないが、秋葉の眼には、ただの小娘にしか過ぎない。これは、彼女が一年に何億稼《かせ》ごうがである。

「これは、完全に、嫌《いや》がらせです」

「しかし、君のところの浅井京子は、今や人気ナンバー・ワンなんだろう。それなら、どういうことはないじゃないか？」

「そりゃあ、中島ユカなんかに、観客動員で負けると思っていませんが、他の心配があるんです。中島ユカのマネージャーは、名うての遣《や》り手ですからね。もっと、端的《たんてき》にいえば、えげつない策士だから、勝ち目がないとわかっていて、同じ場所で、同じ日数のリサイタルをぶつけてくるはずがない。何か企《たくら》んでいると思うのです。それに、最近、急に、浅井京子に対して、妙な脅迫《きょうはく》状がきだしたんですよ」

「脅迫状？」

初めて、秋葉の眼が光った。

2

「脅迫状は珍しいのかね？」

「彼女ぐらいのスターになれば、日に五、六十通のファンレターはきますから、その中には、結婚してくれなければ、殺してやるといった、若い男からの手紙も、よく入っています。まあ、熱狂的なファンですから問題はないんですが」

「勿体《もったい》ないな」

「え？」

「葉書や封筒や便箋《びんせん》がだよ。それで、今度の脅迫状は、どう違うんだね？」

「まず、筆跡をかくしていますし、結婚してくれなければ、といった無邪気《むじゃき》なものではなくて、宝劇場のリサイタルを中止しろというもので、それが、ここ一週間の間に三通も舞い込んできたのです」

「警察に見せたのかね？」

「勿論《もちろん》、見せて、警備を頼みましたよ」

「それで？」

「会場の整理に、何人かの警官を差し向けてはやるが、そんな脅迫状を取り上げて、いちいち、調査は出来んといわれましたよ。毒舌で鳴るある評論家なんか、毎日のように脅迫状が舞い込んでいる。そういうのを、いちいち取り上げていたら、切りがないというのですよ」

「なるほどね。警察なら、そういうだろうね」

「警察は、事件が起きないと動いてくれないものだと、つくづく知らされました。それで、どうしても、あなたにお願いしたいのです」

「その脅迫状が、単なる悪戯《いたずら》だとは思えないのかね？」

「そうならいいんですが、私には、どうしても、悪戯とは思えないんです。まあ、見て下さい」

伊東は、洒落《しやれ》たブレザーのポケットから、二つに折りたたんだ白い封筒を取り出して秋葉の前に置いた。

『明和プロダクション内・浅井京子様』と邦文《ほうぶん》タイプで打ってあった。中身の便箋にも、同じように、タイプが打ってあった。文章は、簡単なものだった。

〈宝劇場で、個人リサイタルをやるとは生意気だ。すぐ、取りやめよ。やめなければ、こちらにも覚悟がある。これは、単なる脅《おど》かしではない。　M〉

差出人の名前は、当然ながら書いてなかった。

「それと同じものが、もう三通もきているんです」

「あんたが、これを単なる悪戯じゃないと考えた理由を、まずききたいね」

秋葉は、煙草《たばこ》をくわえ、火をつけて相手を見た。伊東という男を、冷静に試している眼つきだった。

「いろいろありますが、第一に、一週間に、同じ文句のものを三通もよこすというのは、どう考えても、単なる悪戯とは思えないのです。第二に、うちの浅井京子も、向こうの中島ユカも、同じ艶歌《えんか》調の歌手なんですよ。もし、浅井京子の嫌《きら》いな人間の脅迫状なら、当然、中島ユカのほうにも出してなければおかしい。そう思って、それとなく探《さぐ》ってみたんですが、向こうには、そんな脅迫状は、きていないんですよ」

「まるで、向こうのプロダクションの陰謀みたいないい方だな？」

秋葉が、煙草をくわえたまま小さく笑うと、伊東は、言葉を強め、

「他には考えられませんよ。この世界は、足の引っ張り合いだし、中島ユカにしてみれば、同じ若手の艶歌歌手で、先輩に当たるうちの浅井京子がポシャれば、彼女が、ぐっとのしてきますからね。向こうは必死で、どんなことでもやりかねませんよ。ですから、あなたに、どうしても、リサイタルの期間中、彼女を守って頂《いただ》きたいのです。彼女は、うちのドル箱ですからね。それに、この脅迫状を出した犯人を見つけ出して貰いたいんです。お願いします」

「犯人が、向こうのプロダクションの人間だとあんたは、大喜びというわけだね」

「そうはいっていませんが、芸能界というところは、いろいろと裏のあるところですからね。とにかく、浅井京子のリサイタルは明後日に迫っているんです。助けて下さい。彼女を守ってやって下さい」

「あんたのプロダクションの人数は？」

「小さなプロダクションですが、二十人はいます。それが、どうかしたんですか？」

「その中には、若くて、威勢《いせい》のいい若者がいるんじゃないのか？　ボディガードなら、そ

いつらに頼んだらどうなんだ？　自分のところの大事な商品なんだから、一所懸命《いっしょけんめい》になって、守るんじゃないのかね？」

「確かに、うちの若い社員に、柔道三段なんてのがいますが、こういう事件になると、からきし頭が働かないのですよ。その道のプロじゃありませんから仕方がないんですが。それで、プロのあなたに、こうしてお願いに来たんです。頼みますよ。秋葉さん」

「少しばかり面白く思えてきたが、あんたが嘘《うそ》をついているのが気に喰《く》わんな」

3

「とんでもない。嘘なんかついてませんよ」

「じゃあ、まだ、いい忘れているといってもいい」

「脅迫状のことは、全部、お話ししたはずですが」

「いや。この脅迫状を、浅井京子に見せたことを、まだいってないよ」

「え？」

　伊東の顔色が変わった。が、あわてて、手を横に振ると、

「大事なリサイタルを目前にしている彼女に、こんなものを見せられませんよ。彼女は、外見はグラマーで、姐御肌《あねごはだ》なところがありますが、一方で、非常にナーバスな娘《こ》ですか

ら」

「だが、見せたはずだ。そして、多分、彼女の反応が異常なので、あわてて、ボディガード探しをはじめたんだ」

「――――」

「黙ってしまったところをみると、どうやら当たったらしいな」

「何故《なぜ》、わかったんです？」

「単純な推理だよ。あんたは、少しお喋《しゃべ》りなのを除けば、かなりのインテリで、頭の回転も早いらしい。だから、この脅迫状の主《ぬし》が、粗暴《そぼう》な人間でないことも、文面を読んで、すぐ気がついたはずだ。落ち着いた文章だ。同じものが一週間に三通もきたから気味が悪いといったが、怖《こわ》いという感じはなかったと思うね。むしろ、白紙の手紙かなんかのほうが怖かったはずだ。この文面を読むかぎり、話せばわかる感じの相手に思えるからだ。ただ一つ、僕が気になったのは、Mという署名だ。あんただって気になったはずだよ。だが、あんたには、何の意味かわからなかった。わかっていれば、それを警察に話して、今頃は片がついているはずだからね。となると、僕があんたなら、当然、彼女に、Mという署名に覚えがないかきいてみるね。あんたもそうしたはずだ。そして、彼女が、すぐ否《いな》と答えているか、全く知らない様子のどちらかだったら、あんたは、あわてて、僕のところへ駈《か》けつけて来たりはしなかったろう。彼女は、黙っていたが、多分、この署名に驚きの表情を示した。理由をきいたがいおうとしない。それで心配になったあんたは、僕のところへ来た。違うかね？」

「――――」

「もう一つ。この件について、あんたは警察には行かなかった。行ったが断わられたというのも嘘だ。会場の警備のほうは、頼んだかもしれないがね」

「何故、そこまで？」

「子供でもわかることだよ。あんたは、今、彼女に、この脅迫状を見せたろうという僕の推理を認めた。もし、そのとき、彼女が、このMという署名に心当たりがあるといい、何か喋っていれば、警察は動くはずだからだよ。そうなれば、あんたは、僕のところになんか来なかったろう。とすれば、彼女の態度から、何か秘密めいたものを感じて、あんたは、警察へいうのを怖がり、金で、秘密の守れる僕のところへやって来た。違うかね？」

「そのとおりです」

「最初から、全部話してくれたほうがよかったな」

「どうも、彼女のことを考えると話しにくくて――」

「人気に障《さわ》る――かね？」

秋葉は、意地の悪い眼つきをした。伊東は頭をかき、それでも、真剣な眼つきで、

「私たち明和プロにとっても、浅井京子にとっても、今が一番大事なときなんです。何と

か脅迫状のことは内密にして、無事に、明後日からのリサイタルをやりたい。その一心で、つい、あなたに嘘をいってしまったんです。お怒りなら、いくらでも謝《あやま》りますから、ぜひ彼女を守って下さい。お願いします」

「この脅迫状を見せた彼女の反応は、どうだったんだね？」

「あなたが、いわれたとおりでした。顔色が変わったんですが、私が何をきいても、答えてくれずに、知らないの一点張りです。何か知っているのは確かなんですが、ひどく怖がっているようで、大事なリサイタルの前でもあり、無理押ししてきくわけにもいかなくて——」

「少しずつ面白くなってくるな」

と、秋葉は、小さく笑った。彼の敏感な神経は、危険な空気を感じ取っていた。浅井京子という女性歌手には何の興味もなかったが、事件のほうには、興味を持ちはじめていた。

「じゃあ、引き受けてくれますか？」

「僕流のやり方でやっていいのなら、引き受けよう」

「それは、妙な噂《うわさ》が立つようなことにはならんでしょうね？」

「僕のほうは大丈夫だ。事件には興味があるが、浅井京子とかいう歌手には、何の興味もないからね。それより、あんたが注意したほうがいいのと違うのかね？」

「私が？　何故です？」

「窓の下に、スポーツカーが一台止まっている。白色のニッサンフェアレディだ。あれは、あんたが乗って来たんだろう？」

「ええ。そうですが——？」

「さっき見たとき、男が一人、座席の中をのぞいていた」

伊東はあわてて、窓のところに駆け寄って、下を見た。秋葉は、笑って、

「もう、消えちゃったよ。だが、どこかで、あんたが出て来るのを待っているかもしれないな。相当熱心に見ていたからな」

「じゃあ、危険ですか？」

伊東の顔が少し蒼《あお》くなった。

「あれが、脅迫状の主か、その共犯者なら、今日は大丈夫だ」

「保証してくれますか？」

「心配なら、一緒に行ってやるよ」

4

街には夕暮が迫っていた。そして、寒かった。

伊東は、運転席に腰を下ろしながら、まだ不安気《げ》に、助手席に乗った秋葉の顔を見た。

「まさか、この車に、爆弾が仕掛けられてはいないでしょうね？」

「そいつは、映画の見過ぎだよ。あの脅迫状の主は、かなり理性的な人物だし、明後日までという時間がある。その間は、非常手段は取らんさ。そのつもりなら、もう、とっくにあんたの事務所にダイナマイトでも投げ込んでいるよ」

「そんなもんですか」

と、いいながらも、伊東は、恐る恐るスタータースイッチを入れ、アクセルを踏んだ。

「大丈夫のようですね？」

「当たり前だよ」

二人を乗せた車は、ネオンの輝き出した大通りに出た。

「これから、浅井京子のマンションに行って彼女に会わせましょうか？」

「いや。その必要はない。あんたが話しても例の脅迫状については、何も話さなかったんだろう？　それなら、初対面の僕には、余計、何も話さないだろうからね。会う必要があったら、僕のほうから会いに行くさ」

「じゃあ、何処へ行きます？」

「何処でもいいさ。あんたが、これから行くところでいい」

と、いってから、秋葉は、眼の前のバックミラーを一寸《ちょっと》、動かした。

「怪我《けが》の功名だな」

「何がです？」

「車がつけて来ている。黒っぽい乗用車だ」

「どうします？　スピードをあげて、まきますか？　運転なら自信がありますが」

「折角《せっかく》、相手が姿を見せてくれたのに、そんな馬鹿《ばか》なことをする必要はないだろう。ゆっくり走らせるんだ」

「わかりました」

伊東は、肯《うなず》き、制限速度を守って、ゆっくり走らせた。秋葉は、バックミラーに眼をやりながら、

「浅井京子の経歴は？」

「高校を卒業してから、うちが主催している新人発掘のオーディションに合格し、それから、ぱっと売り出したわけです。声もいいし、美人で、スタイルも抜群《ばつぐん》なので、最初から、スターになれると直感しましたね」

「そして、そのとおりスターになった？」

「とにかく、売れっ子になりました。今度のリサイタルが成功すれば、名実共に、スターになるでしょう」

「敵もさるものだな」

「何のことです?」

「つけて来る車のことさ。ナンバーを知りたいんだが、はっきり読めるところまで近づいて来ない。適当な間隔をあけている。かなり慣れているやつだ」

「どうします?」

「そうだな。二、三分このまま走ったら、尾行に気がついたふりをして、急にスピードを出して、一方通行のところがあれば、右に曲がって、片側に止まる」

「そのあとは?」

「向こうまかせさ。あわてて右に曲がって来てくれれば、車のナンバーも読めるし、上手《うま》くいけば、運転している人間の顔も見られる。運転に自信があるそうだから委《まか》せるよ」

「やってみます」

伊東は、緊張した声でいい、急に強くアクセルを踏んだ。ぐーんと、車が加速される。秋葉はバックミラーの中の黒いセダンが、急に小さくなっていくのを見守った。だが、また、ぐいっと、大きくなってきた。向こうもあわてて、スピードをあげたのだ。秋葉は、ニヤッとした。

次のT字路で、伊東は、ギイギイ、タイヤをきしませながら、車を右折させ、すぐ、ブレーキを踏んだ。

秋葉は、窓を開け、左を見た。

例の黒いセダンが、右に曲がって来て、そこに、秋葉たちの車が止まっているのを見て、あわてて、ブレーキをかけてから、また、あわてて、スピードをあげた。

「追いかけますか？」

と、伊東がきいた。秋葉は、煙草に火をつけてから、

「今日は、これでいい。見るものは見たからね」

と、冷静にいった。その間にも、相手の車は、他の車の流れの中に消えて行った。

「車のナンバーも見たし、運転していた男の顔も確認したからね」

「私は、一瞬のことで、ナンバーだって、全部は、覚えきれませんでしたが」

「あんたは、右側にいたし、こんなことになれていないからだよ」

「どんな男でした？」

「年齢は三十二、三歳。腰を下ろしていたから正確にはわからないが、身長は、まず一七〇センチから一七五センチの間だな。紺《こん》の背広を着て、ネクタイは、朱色《しゅいろ》で、胸ポケットのハンカチと合わせていた。顔は細面《ほそおもて》で、髪は長くしていた。黒い、四角な眼鏡をかけていたが、あれはダテ眼鏡だ」

「どうして、そこまでわかります？」

「スピードを落として、こちらを見たからさ。多分、僕の顔を確認したかったんだろう。もし、あの眼鏡が本物なら、レンズにネオンが反射したはずだが、もろに眼が見えた。細

い、いくらか、きつい感じの眼だ。ということは、つまり、レンズが入っていなかったということだよ」

「その男が、脅迫状の主でしょうか？」

伊東は、再び、車をスタートさせてから、秋葉にきいた。

「さあ、どうかな。ただ単に、尾行を頼まれた男かもしれん」

「例のMの署名ですが、Murder（殺人）かMurderer（殺人者）の略じゃないでしょうか？」

「違うね」

秋葉は、あっさりと否定した。が、伊東はやや不満気に、

「しかし、あんな物騒な脅迫状を送りつけてくる奴ですから、そのくらいのつもりで、Mと署名することは、十分に考えられるんじゃないですか？」

「全く、誰ともわからない脅迫者なら、あんたのいうことも考えられるが、浅井京子は、その脅迫状を見て顔色を変えたんだろう？」

「ええ」

「タイプされているから、筆跡に思い当たったわけじゃない。文章も、これといって特徴はない。となれば、彼女が思い当たったのは、Mという署名だけだ。それが、一般的なMurderなりMurdererと考えられるかね？　もっと具体的な意味を持っていたからこ

そ、彼女は、思い当たることがあって、顔色を変えたんだ」

「とすると、誰かの名前のイニシアルでしょうか？　前田《まえだ》とか、松木《まつき》とか」

「かもしれんし、浅井京子にだけわかる記号なのかもしれんな。だが、彼女が絶対に喋らないというのなら、その意味を探《さぐ》り出さなきゃならないな」

「とにかく、彼女は、何にも知らないといって、問い詰めると、ヤケみたいに、それならリサイタルをやめるというんですから、彼女からききようがないんですよ」

「宝劇場のリサイタルをやめると、あんたのプロダクションは、どのくらい、損をするのかね？」

「そういうつもりで、いったんじゃありませんが」

と、伊東は、片手をハンドルから放して、頭をかいた。

（金か）

と、秋葉は呟《つぶや》いた。そういえば、Mは、Moneyのイニシアルでもある。

5

車は、新宿の宝劇場の近くで止まった。

「なかなか大きな劇場だな」

秋葉が感心したようにいうと、伊東は、自慢げに、

「収容人員は、千五百人です。新人のリサイタルで、この小屋を満員に出来るのは、うちの浅井京子ぐらいのものでしょうね」

劇場の前には、すでに『浅井京子リサイタル×月×日より』の大きな看板がかかっていて、中に入ると、舞台の上では、稽古《リハーサル》が行われていた。

キラキラ光る、スパンコールの沢山《たくさん》ついたドレスを身につけて、舞台の中央に立っているのが、浅井京子だろう。激しいアクションを繰《く》り返すたびに、ドレスの割れ目から、形の良い脚《あし》が見えた。確かに、十八歳にしてはなかなかのグラマーだ。美人でもある。

「今回のリサイタルでは、ポピュラーと艶歌調の両方を歌わせて、彼女が幅広い歌手であることを、アッピールするつもりです」

後ろのほうの椅子《いす》に並んで腰を下ろしてから、伊東がいった。

舞台の上で、彼女が引っ込むと、代わってコメディアンが三人出て来て、あまり上品ではないコントの練習をはじめた。個人リサイタルといっても、今は、本当に、個人で何時間かの舞台を持たせられる歌手は、数少ないのだろう。

「楽屋《がくや》へ行って、彼女に紹介しましょうか？」

「いや。さっきもいったように、会う必要が出来たら、こっちから勝手に会いに行くよ」

秋葉は、立ち上がった。伊東は不安げに、

「しかし、明後日には、リサイタルがはじまるんですが」

「わかってる。だが、今から、明日一杯《いっぱい》は、時間があるんだろう」

「そうですが、その間に、脅迫状の主が見つかりますか？」

「努力してみるよ」

「これから、どちらへ？」

「僕流にやらせて貰う約束だったがね」

秋葉は、突き放すようにいい、劇場の外へ出た。

宝劇場から新宿歌舞伎町《かぶきちょう》へかけての道は、この寒さにも拘《かかわ》らず、人の波である。物価値上げの激しさや、石油不足が問題になっていても、この盛り場の混雑は変わっていない。パチンコ屋は、相変わらず、ジャラジャラとやかましい音をひびかせているし、酔っ払いがわめき声をあげながら歩いている。世の中が面白くないから、余計、遊びに集まって来るのかもしれない。

秋葉は、宝劇場から、歩いて百メートルほどのところにある東亜劇場へ廻《まわ》ってみた。伊東がいったように、あちらには、『中島ユカ　大リサイタル』の看板がかかっていた。期間も同じなのは、やはり、張り合っているのだろう。

「中央《ちゅうおう》新聞芸能部の落合《おちあい》という者だが、中島ユカさんのマネージャーに会いたいんだがね」

秋葉は、入口のところにいる若い男に、大学時代の友人の名前をいった。彼は、大新聞の権威《けんい》など、信じない性格だが、この世界では通用するとみえて、すぐ、三十五、六の男が飛んで来た。

「日本第一プロの長井《ながい》です」

と、男は、名刺をくれたが、何となく受ける感じが、今まで一緒だった伊東という男に似ているのが面白かった。言葉遣《づか》いは丁寧《ていねい》だが、眼つきに相手を窺《うかが》うようなところが共通している。

「今、宝劇場のほうを見て来てね。明和プロの伊東君にいろいろ聞いて来たんだ」

秋葉がいうと、長井は、彼を、劇場内の喫煙《きつえん》室へ連れて行った。

「向こうの様子は、どうでした？」

と真剣な眼つきできいた。

「リハーサルを一寸《ちよつと》見せて貰ったが、明和プロじゃ、あの劇場を、連日満員にしてみせると、意気込んでいたよ」

「それはどうですかね。あの大きな入れものが、一日でも一杯になれば、めっけものじゃありませんか」

「ひどいことをいうね」

「向こうと、こっちじゃ、プロダクションの大きさが違いますからね。助演者の顔ぶれを見て下さいよ。こっちは、一人でも客を呼べる有名タレントが、ズラリと勢揃《せいぞろ》いしているが、向こうさんは、碌《ろく》なのがいませんからねえ。まあ、勝負はついているようなものです」

長井は、その有名タレントの名前を、次々にあげてみせたが、残念ながら、秋葉の知らない名前ばかりだった。現代で、有名タレントということは、テレビによく出ているということだろうから、テレビを碌《ろく》に見ない秋葉には、縁《えん》のない自慢話だった。

「ところで、明和プロの伊東君は、君たちが浅井京子のリサイタルを妨害していると、いっていたがね」

秋葉は、カマをかけるようにきいた。長井は、眼を三角にして、

「そんなことをいってるんですか？」

「同じ日に、近くの劇場で、リサイタルをぶつけてくるのは、明らかに、営業妨害だといっていたよ」

「何をいってるんですかねえ。この世界は、強い、人気のある者が勝つ。それしかないですよ。それに、どこで、いつ興行をやろうと自由でしょう。妨害呼ばわりが、チャンチャラおかしいですね」

「こっちの中島ユカについても、何か暗い過去があるようなことを、僕にほのめかしていたがねえ」

秋葉がいうと、案《あん》の定《じょう》、長井は、怒りを表情に表わして、

「そんな中傷をいってましたか。こういっては、何ですが、向こうの浅井京子には、いろいろと、暗い噂《うわさ》があるんですよ」

と、秋葉が予期したとおりのことを口にした。

「ほう。どんな噂かね？」

「まず、年齢ですがね。十八歳なんていっていますが、あれは、明らかに嘘ですよ。二十歳。いや、少なくとも二十三、四歳のはずですよ」

「やっぱりね」

「あなたも、おわかりでしたか？」

「いや。わかっていたといえば嘘になるけど、見た感じが、十八歳にしては、大人っぽ過ぎるし、色気があり過ぎる感じだったんでね」

「そうでしょう。だから、高校を卒業してすぐ歌手になったという明和プロの宣伝は、明らかに嘘ですよ。こちらで調べたところでは、どうも、芳《かんば》しくない職業に就《つ》いていたらしい」

「というと？」

「確証はないし、相手のことを悪くはいいたくないんですが、どうも、コールガールのようなことをやっていた時期があるようなんですよ」

「よく、そのことを、芸能週刊誌が書かずにいるね？」

「明和プロで、スターと呼べるのは、浅井京子一人ですからねえ。必死になって、守ってるからじゃありませんか」

長井は、意地の悪い眼つきになった。

「あんたのほうはどうなんだね？　中島ユカに何か秘密はないのかい？」

「とんでもない。うちの中島ユカは、正真正銘《しょうしんしょうめい》の十九歳。高校を出て、一年間音楽の勉強をしてから、新人として売り出したんですから、暗い過去なんか全《まった》くありませんよ。嘘と思われるんなら、戸籍謄本《こせきとうほん》を取ってお見せしますよ」

相手は、むきになっていった。ここに、明和プロの伊東がいたら、もっと、凄《すさ》まじい毒《どく》舌《ぜつ》合戦になったことだろう。

「日本第一プロの大きさは、どのくらいなのかね？　明和プロは、職員数が、二、三十人ということだったが」

「あんな群小プロと一緒にしないで下さい。うちは、名前どおり日本一で、職員も二百人近いし、抱えている有名タレントも百人以上ですからね。それから、向こうは、営業妨害だといってるそうですが、とんでもない話で、あの宝劇場というのは、うちと契約している小屋なんですよ。そこへ、明和プロが、身の程《ほど》知らずに、殴《なぐ》り込みをかけて来たんで、うちとしては、止《や》むを得《え》ず受けて立った形なんですよ。まあ、明後日になれば、向こうさんは後悔するのが眼に見えていますがねえ」

「自信満々だね」

「品物が違いますよ。品物が」

長井マネージャーは、彼が品物だという有名タレントの名前を、もう一度、並べ立てて見せた。

6

秋葉は、彼にしては珍しく、というより、生まれて初めて、芸能週刊誌を何冊か買い求めて、事務所へ戻った。ガスストーブをつけ、ソファに仰向《あおむ》けに寝転《ねころ》んで、芸能週刊誌に片端《かたっぱし》から眼を通した。

やたらに写真が多いのと、表紙の刺激《しげき》的な惹句《じゃっく》と内容が違うのに閉口しながらも、秋葉は、その中から、浅井京子の今度のリサイタルに関する部分だけを読んでみた。大部分が、中島ユカとの関係でとらえ、「新宿での決戦」とか「明和プロの殴り込み」などと、目次には書いてあっても、内容を読むと、秋葉には、何の参考にもならないつまらないことが並べてあった。秋葉は、そんな記事よりも、浅井京子のいくつかの写真を眺《なが》めた。どうみても、十八歳にしては、色っぽすぎる感じだった。本人や明和プロでも、それを意識してか、「十八歳で大人の歌を唄える歌手」というキャッチフレーズになっている。物はいいようだと、秋葉は、読みながら苦笑した。

夜になると、いつもは、事務所から百メートルほど離れたマンションに寝に戻るのだが、今日は、面倒くさいのと、引き受けた事件のことを考えたくて、事務所のソファに毛布をかぶって、寝ることにした。

脅迫状のMの署名は、何の意味なのか。尾行した車の男は一体誰なのか。あの男が脅迫者としたら、案外、この事件は簡単に片づくだろう。

そんなことを考えているうちに、いつか眠ってしまった。

寒さに、ふと目を覚ましたのは、午前二時か三時頃《ごろ》である。そのとき、秋葉は、キナ臭《くさ》い臭《にお》いを嗅《か》いだ。

その瞬間、彼は、動物的な直感で、危険を感じた。一七五センチ、七二キロの彼の身体《からだ》は、毛布ごと、ソファを飛び越え、壁との隙間《すきま》に転がると、ピタッと床に伏せた。

次の瞬間、轟然《ごうぜん》たる爆発音と同時に、眼のくらむような閃光《せんこう》が、事務所の闇《やみ》を引き裂いた。

凄まじい音を立てて窓ガラスが割れ、天井《てんじょう》から蛍光灯《けいこうとう》が落下して、粉々《こなごな》に吹き飛んだ。

炎と煙が、部屋に充満した。秋葉は、飛び起きると、煙の下をかいくぐって事務所を飛び出し、廊下にあった消火器を持ち込んで、燃えあがった炎を消した。

かすかな明かりの中で、さんたんたる事務所の光景が、秋葉の眼に映《うつ》った。机は横倒しになり、電話は、吹き飛んで壁にぶつかったらしく、こわれて使いものにならなくなっていた。床一面に、天井から落下した蛍光灯の破片が散乱して、足の踏み場もない。そして煙。

ふと、消防車のサイレンの音が聞こえた。誰かが驚いて、一一九番したのだろう。秋葉は、いろいろときかれるのが嫌で、あわててマンションのほうに戻り、ベッドにもぐってしまった。

ドアのベルで、目が覚めたとき、秋葉は、身体中にズキズキする痛みを感じた。事務所が爆破された瞬間は、夢中で何も感じなかったのだが、爆風で、身体を、壁にぶつけていたのだろう。

ドアを開けると、入って来たのは、警視庁捜査一課の田島《たじま》警部だった。顔見知りであるといっても、いい意味ではない。秋葉は、事件を引き受けると、それが途中で刑事事件に発展しても、構わずに飛び込んでいく。自然に、警察の捜査とぶつかることにもなり、公務執行妨害で、ブタ箱に放り込まれたことも何度かあり、そのための顔見知りだったからである。秋葉も自分の信念を曲げないほうだが、田島という四十二歳の警部も頑固《がんこ》な男だった。

「君の事務所が爆破されたのは、もう知っているだろう?」

と、田島警部は、椅子に馬乗りにまたがって、カマをかけるようなきき方をした。

「いや。知らないな。今、起きたばかりだから」

「本当かね？」

「ああ。こんなことで嘘をついてもはじまらんからね」

「おかしいな」

田島警部は、疑わしげに、ジロジロと秋葉を見た。

「おかしいって、何が？」

「鑑識《かんしき》の調べによると、ダイナマイトの破片が見つかった。恐らく、廊下に面した回転窓から放り込んだんだろう」

「なるほどね。あそこは、いつも、鍵をかけないからね」

「それはいいが、ある証人の証言によると、爆破の直後、事務所から飛び出して来た人影が、廊下の消火器を持って引き返したというんだ。事実、カラになった消火器が、事務所に転がっていた。君は、爆発のとき、事務所にいたんじゃないのかね？」

「とんでもない。いつでも寝るのは、こっちだから、事務所にいるはずがないじゃないか？」

「じゃあ、消火器で、火を消したのは誰かね？」

「さあ。ダイナマイトを投げ込んだ奴が、急に怖くなって、あわてて、火を消したんじゃないかな」

「馬鹿なことをいうな。ところで、これから一緒に、署まで来て貰いたいんだが」

「何故？」

「ダイナマイトの犯人を捕《つか》まえたいから、君から事情をききたいんだ」

「そいつは、勘弁《かんべん》して貰いたいな」

「また、捜査に非協力的な態度を取るんだったら、覚悟があるぞ」

「僕は、何も知らないんだから、協力のしようがないじゃないか」

「また、何か事件に首を突っ込んでいるんだろう？　だから、ダイナマイトを投げ込まれたんじゃないのか？　どんな事件を引き受けたんだ？」

「何にも。きっと、変質者か、酔っ払いがやったんだと思うね。署に同行したところで、これ以上のことはいえないよ。それに、僕は被害者なんだから、無理に連れて行くことも、勾留《こうりゅう》も出来ないはずだ」

「まあ、そうだが、これだけはいっておくぞ。また刑事事件に首を突っ込んでるなら、容《よう》赦《しゃ》なく、公務執行妨害で逮捕《たいほ》するからな」

「わかってるよ」

秋葉が手を振ると、田島警部は、もう一度ジロッと彼を睨《にら》んでから、やっと引《ひ》き揚《あ》げて行った。

秋葉は、やれやれと、首をすくめてから、冷たい水で顔を洗った。

（ダイナマイトか）

秋葉が、事務所に泊まっていると知っていて、犯人は、ダイナマイトを投げ込んだのか？　それとも、いないと思って、警告のためか、或《ある》いは、警察が秋葉から事情聴取することで足止めになるのを期待してやったのか。どちらにしろ、あのとき、寒さで眼が覚めてなかったら、確実に死んでいただろう。

こんなとき、秋葉は恐怖より、闘争心をかき立てられる。犯人が、警告のつもりでやったのなら、明らかに、秋葉の性格を見誤《みあやま》ったのだ。

7

事務所の電話が使えないので、秋葉は、マンションの電話を使うことにした。もっとも、あの状態では、事務所の電話がこわれていなくても、出かければ、また、田島警部の質問ぜめにあうに決まっている。

秋葉は、電話帳で、東京陸運局のナンバーを探して、ダイヤルを回した。

「一週間前に、車を盗まれたんですがね。クラウンＤＸで、色は黒です。それを、昨日《きのう》、四谷《よつや》から新宿に行く通りで見かけたんです。間違いなく僕の車でした。ただ、ナンバーが違っているんですよ。盗んで、ナンバープレートを付けかえたのかもしれないんで、ちょっと調べて貰いたいんですが」

と、秋葉は、昨日、見たナンバーを相手にいった。

係官は、そのナンバーを調べているようだったが、

「どうも、あなたの勘違《かんちが》いのようですな。そのナンバーは、去年の三月二十一日に、正式に登録されていますよ。車種も、セドリックです」

「おかしいな。フロントのかすり傷といい、僕が盗まれた車そっくりなんですがねえ。どなたの持ち物ということになっていますか？　出来たら、その方に、見せて頂いて、納得したいんですよ」

「いいでしょう。持ち主は、柴崎一郎《しばさきいちろう》。神田神保町《かんだじんぼうちょう》で、探偵事務所をやっている人ですよ」

「どうも――」

受話器を置いてから、秋葉は、腕時計に眼をやった。午前九時四十分。今日中に、脅迫状の主を見つけなければならないとしたら、あと、十四時間二十分しかない。

秋葉は、部屋を出ると、ここ六年間愛用している中古車に乗り込んだ。オースチンミニクーパーSである。中古だが、まだよく走ってくれる。

神田に着き、裏通りに入って行くと、五階建の雑居ビルの前に、例の車が止まっている

のが見えた。ビルには、いろいろな看板がかかっていたが、その中に、『柴崎私立探偵事務所』の字も見えた。

秋葉は、通りの反対側に車を止め、ドアを開けて降りかけた。が、そのとき、問題の雑居ビルから、よろめくように飛び出して来た若い女の姿を見て、眼をすえた。サングラスをかけ、コートに顔を埋めるようにしていたが、間違いなく、昨日、宝劇場で見た浅井京子だったからである。

彼女は、そのまま、二十メートルばかり走り、そこに駐《と》めてあったスポーツカーに乗り込んだ。白いポルシェだ。ポルシェは、彼女の気持ちを示すように、荒っぽく走り出し、たちまち見えなくなった。

秋葉は、嫌な予感に襲われた。だが、その予感が当たっているかどうか、確かめなければならない。

彼は、わざと一呼吸おいてから、通りを横切り、雑居ビルの中に入って行った。

エレベーターのない古いビルで、やけに静かなのは、空部屋《あきべや》が多いためだろう。柴崎私立探偵事務所は、三階にあった。

ガラス戸に、金文字で、書いてあったが、そのドアは大きく開いていた。

秋葉は中に入り、後ろ手にそっと、ドアを閉めた。

昨日の車の男、すなわち、この部屋の主《あるじ》、柴崎一郎は、そこにいた。いや、いたという表現は、適切ではないだろう。秋葉の予感どおり、柴崎一郎は、椅子に腰を下ろした姿勢で死んでいたからである。

胸の心臓のあたりに、ジャックナイフが、突き刺さり、白いワイシャツに流れた血は、すでに、どす黒く変色していた。

頭は、がっくりと左に傾《かたむ》き、素通しの例の眼鏡は、床に落ちていた。だらりと垂《た》れ下がった腕をつかみ、手首をにぎってみたが、脈《みゃく》は消えていた。

秋葉は、顔色も変えず、事務所の中を見廻した。部屋の中は、石油ストーブが燃え盛り、むっとするほど暑い。ストーブの針に眼をやると、石油タンクは、「空」に近いほうを指していた。だが、火をつけた時点で、満タンにしてあったかどうかわからないから、これから死亡推定時刻は推定出来ない。だが、血の乾《かわ》き具合や、皮膚の色、身体の硬直状態からみて、そう長くはたっていないはずだ。せいぜいたっていて一時間ぐらいのものだろう。

壁際《かべぎわ》にはキャビネットが並び、机も大きく、書棚《しょだな》もある。秋葉の寒々とした事務所とは大違いだ。

キャビネットの引出しは、大部分が引きあけられ、中の書類が引っかき回されていた。

キャビネットだけではない。机の引出しも半分くらいまであけられていた。床に、何冊かの本が散乱しているところを見ると、誰かが、書棚まで調べたのだろう。

秋葉は、手袋をはめ、まず、キャビネットを調べてみた。報告書の写しが、ABC順に入っているが、量が大したことがないのは、それほど流行《はや》っていないのか。大部分は、浮気に関する素行調査だった。秋葉は「M」のところを見たが、ラベルを貼《は》った板《パネル》はあっても、Mの部分の報告書は、一つもなかった。偶然、Mのイニシアルの名前の人物を調査したことがなかったのか、それとも、そこの報告書だけ、誰かが持ち去ったのか即断は出来なかった。

机の引出しには、いろいろなものが入っていた。外国の旅行案内とか、ダンヒルのライター、煙草もダンヒルだった。それに、黒光りのする拳銃《けんじゅう》もあったが、それは、模造ガンだった。脅しに使ったのか、それとも、こんなオモチャが好きだったのか。

犯人は、どうやら、部屋中を探し回ったらしい。何を探したのか、それを見つけたのかどうかもわからない。

秋葉は、腕を組み、事務所の中を見廻したが、その眼が、椅子で死んでいる柴崎一郎のところで留まった。上衣《うわぎ》もズボンも乱れてはいない。多分、いきなり刺されたからだろうが、もし、犯人が探し忘れたところがあるとすれば、死体だけだろうと思った。

秋葉は、ゆっくりと死体に近づき、上衣のポケットから調べていった。キーホルダー。これは、多分、車とこの部屋のキーだろう。内ポケットに財布。中身は一万円札が八枚。が、秋葉には、金は興味はない。他人の名刺でも見つかればと思ったのだが、それは一枚もなかった。犯人は、死体も調べたのかもしれない。

（手掛かりなしか）

秋葉は、舌うちをし、それでも、警察に知らせてやるために、机の上の受話器をつかんだ。田島警部が、すっ飛んで来るだろうと思いながら、一一〇番を回そうとしたとき、丁度《ちょうど》、窓から陽《ひ》が差し込んだ。机の表面が、キラリと光り、それまで気がつかなかった文字が、秋葉の眼に飛び込んできた。多分、被害者が、電話をかけているとき、そばにメモ用紙がなかったので、ボールペンで、机に書きつけたのだ。

前田克郎《かつろう》（26）Ｔｅｌ（３７７）×××

と、読めた。イニシアルはＭだ。犯人が気がつかなかったとしたら、光線の具合で眼に入らなかったのだろうが、もっとも、被害者が、手帳にでも書き直していれば、それは、持ち去られている。メモ帳の類《たぐい》は一つもなかったからだ。

秋葉は、しばらく考えてから、ボールペンの字は、そのままにしておいて、一一〇番を回した。

「神田の柴崎という探偵事務所に、死体が転がっているよ。多分、当人だ」

8

秋葉は、ビルを出て、自分の車に戻ると、手袋をとって、セブンスターに火をつけた。

サイレンを鳴らしながら、パトカーが駈けつけて来るのが見えた。

秋葉は、止まったパトカーから、警官が、ビルに飛び込んで行くのを見ながら、直感で、今度の事件のクライマックスが近づいているのを感じた。誰かが殺されるということは、何かが動き出したことを意味しているからだ。

秋葉は、ミニクーパーを駅まで走らせ、そこの赤電話で、前田克郎という男に電話してみることにした。

昼前という時刻のせいか、神田駅の前は、人影がまばらだった。新聞売りのおばさんも退屈そうに、週刊誌を並べかえてみたりしてる

そんな光景を見ながら、秋葉は、覚えてきたダイヤルを回した。

若い女の声が出た。

「前田ですけど?」

「前田克郎さんに、用があるんだが」

「兄はいませんけど」

「兄というと、君は、妹さん？」

「ええ」

「兄さんに会いたいんだけどね」

「それは無理だわ。兄は、二週間前に死んだんですから。知らないんですか？」

「死んだ？　本当に？」

「自動車事故で死んだんです」

「そちらの場所は？」

「新宿の近くですけど」

と、若い女は、アパートの名前を教えてくれた。

秋葉は、首をかしげながら受話器を置いた。あの探偵事務所の机に書かれたボールペンの字は、新しいものだった。それなのに、その該当者は二週間前に自動車事故で死んでいるという。

（わからないな）

秋葉は、車のところまでもどりかけてから、ふと、新聞売りの屋台に並んでいる週刊誌に眼をやった。

「本日発売」という札のついた芸能週刊誌の表紙に『浅井京子の過去に暗い秘密。売春をやっていたのが明るみに！』と、書いてあった。

今度の事件に関係していなかったら、何の興味も持たなかったろう。だが、その言葉を見た瞬間、秋葉の手は、自然にその芸能週刊誌に伸びていた。

車に戻って、その頁《ページ》のところを開いてみた。長い記事ではなかった。が、芸能週刊誌特有のあいまいなものではなく、次のように断定してあった。

〈明日から新宿宝劇場で初リサイタルを開く売れっ子の新人歌手浅井京子に、いまわしい過去のあることが、本誌記者の調査でわかった。彼女は十八歳という年齢は、まっ赤な嘘で、本当は二十二歳。そして、二年間彼女が、前科二犯のヤクザと同棲《どうせい》し、コールガールをしていたことがわかった。この男は、前田克郎さん（二十六歳）で、彼女が語るところによれば、当時、ゴーゴーバーで知り合って、その日に同棲し、彼女から進んで、コールガールの仕事をはじめたそうである。「十八歳で、男を知らないようなことをいっていますが、お笑いですよ。あんな男好きの女はいませんよ」と、前田さんは本誌記者に、笑いながらいっている。当時は、今、テレビドラマで、主役をやっているI・Yさんや、K・Nさんなども、彼女と遊んだ口だということである。十八歳にしては、色気があり過ぎるのも、この取材で理由がわかったといえよう〉

前田克郎の写真ものっていた。細面《ほそおもて》の眼の鋭い男で、ヤクザの感じがないでもない。写真の下には、『笑いながら、浅井京子の秘められた過去を語ってくれた前田克郎さん』と説明してあった。が、この男が、二週間前に事故死したとは、一言も書いてなかった。

前田克郎と、浅井京子が肩を組んで、伊豆《いず》あたりの海岸で撮《と》ったらしい写真ものっていた。彼女のほうは、今とは髪形も変わっているが、水着姿のその女は彼女に間違いなかった。『前田さんと同棲し、コールガールをしていた頃の浅井京子』と、説明してある。

(妙な具合になってきやがったな)

助手席に雑誌を放り出してから、秋葉は呟《つぶや》いた。が、その顔に、困惑《こんわく》の色はなかった。むしろ、問題が錯綜《さくそう》してきたことを、面白がっていた。

秋葉は、車を首都高速に乗り入れ、初台《はつだい》インターチェンジから甲州《こうしゅう》街道へ出た。前田克郎の妹が教えてくれたアパートは、そこから二、三分のところにあった。

二階建の、鉄骨プレハブ造りのアパートである。1DKの六畳の部屋で、彼女は、電気ごたつにあたっていた。

名前は、前田ミキ子。二十歳で、近くの美容院で働いているという。そういえば、今日は火曜日で、東京では、美容院が休みの日である。

顔立ちは、写真の前田克郎によく似ていた。秋葉は、遠慮なく、すすめられるままに、こたつに足を突っ込んだ。

「あんた、兄さんの友だち？」

　前田ミキ子は、お茶を入れながらきいた。

「まあね。彼が二週間前に事故死したというのは本当かね？」

「本当よ。新しいスポーツカーを買って、嬉しがって乗り廻していて、夜、晴海埠頭《はるみふとう》のところから、海へ落ちてしまったの。少し飲んでいたらしいって、警察はいってたわ」

「お兄さんは、何をしていたんだい？」

「知らないわ。何となくブラブラしてたみたいだけど、一か月ぐらい前から急に景気がよくなって、スポーツカーを買ったり、あたしにハンドバックを買ってくれたりしてたんだけど」

「二年前に、浅井京子と同棲していたのは知ってる？」

「浅井京子って、あの歌手の？」

「ああ。そうだ」

「全然！　だって、あたしが上京して来たのは、半年前だもの。その前の兄さんの生活は知らないわ」

「前科があったことは？」

「なんか、喧嘩《けんか》して相手をケガさせて、刑務所に行ったことがあるって話してくれたことがあったわ。兄さんは、喧嘩早かったから」

「兄さんのアルバムとか、手紙なんかないかね？」

「それが、全然、ないのよ。嘘じゃないわ。それで、浅井京子と、兄が一緒に住んだことがあるって、本当なの？」

前田ミキ子は、眼を輝かせてきく。秋葉は、立ち上がってから、上衣のポケットに丸めて入れてきた芸能週刊誌を、こたつの上に放り投げた。

「少なくとも、それには、関係があったと書いてあるよ」

9

新宿に出て、おそい昼食にカツライスを食べ、自分のマンションに一度戻ってみると、部屋の前を、明和プロの伊東が、銀縁の眼鏡を光らせながら、往《い》ったり来たりしていた。

「一体、何処へ行ってたんです？」

と、伊東は嚙《か》みつくように、叫んだ。

「僕は、僕流にやるといったはずだよ。それに、明日までには、まだ、十時間以上ある」

「そんな呑気《のんき》なことをいってられなくなってしまったんです」

「浅井京子が、失踪《しっそう》でもしたかね？」

「何故、知ってるんです？」

「当てずっぽさ」

「とにかく、午前十時のリハーサルにも現われないし、自宅にもいないんです。心当たりの場所は、全部連絡してみたんですが、皆目《かいもく》、見当がつかないんです。原因は、多分、Aという芸能週刊誌が、根も葉もないことを書き立てたからだと思ってるんですが」

「年齢が二十二歳で、二年前に、男と同棲してコールガールをやっていたというやつか」

「そうですよ。うちとしては、当然、その雑誌を告訴してやるつもりですが、肝心《かんじん》の本人がいないんじゃ、どうにもなりません」

「失踪したということは、あの記事が、事実だということの証拠じゃないのかね？」

「とんでもない。彼女は、絶対に無実です」

　無実という言い方が、何となく奇妙だった。が、彼女のマネージャーの伊東にしてみれば、その言葉が一番、自分の気持ちにぴったりなのだろう。

「それで、脅迫状の件は、ひとまずおいて、あなたにも、浅井京子を探して貰いたいんですよ」

「お断わりだな」

「何故です？」

「理由は二つある。第一に、僕が頼まれた仕事は、脅迫状の主を探すことで、ミーハー族のアイドルを探すことじゃない。第二に、脅迫状のことと、彼女の失踪とは、或いは連《つな》がっているかもしれない」

「まさか。何故、そう思うんです?」

「証拠はない。ただ、何となく、そんな気がしただけさ」

「あなたの直感力は尊重しますが、とにかく、彼女を見つけ出すのに、何とか協力して下さい。リサイタルの開幕は、明日なんですからね」

それだけをいうと、伊東は、エレベーターに向かって、突進して行った。

秋葉は、部屋に入り、ベッドに横になって天井に眼をやった。そのままの姿勢で煙草に火をつける。事件を考える時の彼のいつもの姿勢だ。だから、ベッドの周囲のじゅうたんは、吸殻《すいがら》で穴だらけになっている。

浅井京子と中島ユカという二人の女性歌手が、新宿でリサイタルを開く。それは、二つのプロダクションの競争でもある。そして、片方の浅井京子にだけ、リサイタルをやめろという脅迫状が届いた。

脅迫状の署名はM。浅井京子は、その署名に心当たりがあるようだったという。柴崎という私立探偵が現われ、机の上に前田克郎という名前を書き残して、何者かに殺され、そのビルから、浅井京子が、あわてふためいて逃げ去った。そして、芸能週刊誌に出た浅井京子のスキャンダル。だが、その相手の前田克郎は、自動車事故で二週間前に死亡していた。最後は、浅井京子の失踪だ。

すべてが、辻褄《つじつま》が合っているようでもあり、全く辻褄が合っていないようでもある。

そうだ。その間に、秋葉の事務所が、ダイナマイトで爆破されるというショッキングな事件があった。が、理由があって、彼は、あの九死に一生を得た事件を、彼自身は、ほとんど重要視していなかった。危うく殺されかけたということだけで、そのために、判断を鈍《にぶ》らせることもなかったし、神経質《ナーバス》にもならなかった。その点、冷静な性格だが、第三者には、冷酷《れいこく》に映《うつ》るのである。

あの事件は、自分を殺す目的のものではなかったと、秋葉は考えた。一瞬の目覚めがなかったら、確実に、死んでいただろうからといって、相手が、殺す目的だったとは思わないのだ。それは、結果論だからだ。

もし、犯人が、確実に彼を殺す目的だったら、午前二時から三時という時刻に、秋葉が事務所にいることを、まず確かめてからダイナマイトを放り込んだに違いないからだ。常識的にみれば、あの時刻には、彼は、マンションのベッドにもぐっていると考えるのが普通の人間だからである。

昨日、事務所で寝てたのは例外だったのだ。だから、殺す目的だったら、当然、確かめるだろうし、確かめる方法は簡単だ。電気を消してソファに寝ているのだから、覗《のぞ》いてもわからない。だから、電話をかけるのが普通だろう。眠そうな声で、彼が電話に出てから、ダイナマイトを放り込めばいいのだ。

だから、犯人は、殺す目的ではなかった。

(ということは、犯人は、かなり良識的な人間だということになる)

無用な殺人はしないということだ。

その犯人が、殺人をしたとすれば、よほどの事情があったからだろう。

(問題は、動機だな)

と、秋葉が考えたとき、手荒くドアがノックされ、彼が開けるより先に、ドアを蹴破《けやぶ》るようにして、田島警部が飛び込んできた。

「一緒に来て貰おう」

と、田島警部は、怒鳴《どな》った。

「理由は、何だい？」

「私立探偵柴崎一郎殺害の参考人としてだ」

「ほう」

「とぼけても駄目《だめ》だ。上手く立ち廻って、指紋は残さなかったが、近くのビルで、お前さんが、あのビルから出て来て、例のオンボロミニクーパーに乗るのを目撃して、報告してくれた人がいるんだ」

「今でも、警察に協力する市民がいるんだねえ」

「警察は善良な市民の味方だ。お前さんみたいに邪魔《じゃま》ばかりしているのは例外だよ」

「まさか、僕があの男を殺したと思っているんじゃないだろうね？」

「それは、お前さんの態度いかんだな」

田島警部は、脅かすようにいった。

秋葉は、いや応なしに、捜査本部の置かれた神田警察署に連れて行かれた。ひょっとすると、浅井京子も連行されているのではないかと思ったが、彼女の姿はなかった。親切な通報者は、彼女がビルから出て来るのは見ていなかったらしい。

「前田克郎の妹にも会ったようだな？」

と田島警部は、鼻をうごめかしていった。机のあの文字には、警察も気がついたらしい。

「行ったが、それが、どうかしたのかね？」

「全部、話すんだ。誰に、何を頼まれて動き廻っているのか？　何故、あの探偵事務所に行ったり、君の事務所が爆破されたりしたのか？」

「依頼人のことは話せないね。ダイナマイトを投げ込んだのは、異常者だろう」

「警察を馬鹿にすると、参考人扱いを、殺人容疑者扱いにするぞ」

「そいつは無理だねえ。そんなことをすると、あんたが、あとになって、恥《はじ》をかくだけだ。僕が見たとき、すでにあの探偵は死んでいたんだ。死後一時間は、過ぎていたからね」

「そんなことは、君にいわれんでもわかってる」

「それなら、真犯人を追いかけたらどうなんだね」

「そのためにも、君の協力が必要なんだ。君の頼まれた仕事は、一体、何だったんだ？」

「それはどうしても話せないね。われわれには依頼人の秘密を守るルールがあるからね」

「殺人事件だぞ」

「殺人だろうと何だろうと、ルールは守る。それが僕の信条でね。そのくらいのことは、長いつき合いだから、あんたにだってわかっているはずだ」

「だから、余計、しゃくに障《さわ》るんだ！」

と、田島警部は、机を、こぶしで叩《たた》いた。

秋葉は、そのまま勾留されることになったが、午後五時になって、明和プロの伊東が、保釈金を払って、出してくれた。

10

伊東は、げっそりした顔をしていた。

「まだ、浅井京子の行方はわからないんですよ」

「例の芸能週刊誌の記事の真偽《しんぎ》はどうだったんだ？」

「秘密は守れますか？」

「守ったからこそ、勾留されたんだ」

「そうでしたね。実は、彼女の年齢は、十八歳じゃなく二十二歳なんです。もっとも、こんなことは芸能界じゃ、ざらにあることで、どうということはないんですが、問題は、高校を出てから、歌手になるまでの二年間なんです。自分の家で、家事の手伝いをしていたという彼女の言葉を信じていたんですが、どうも、それが危うくなりました」

「何故？」

秋葉がきくと、伊東は、黙って、ポケットから花模様のついた小さな封筒を出した。中の便箋には、

〈伊東さん。申しわけありません。京子〉

とだけ書いてある。

「彼女のマンションから見つけたんです。それに、週刊誌側も、やけに自信満々なんで、弱っているんです」

伊東は、肩をすくめ、秋葉を、自分のスポーツカーに迎え入れた。

「彼女が失踪したままだと、あの記事を認めることになるし、リサイタルは駄目ですし、彼女の歌手生活自体、駄目になってしまいますよ。勿論、うちにとっても大変な痛手です。宝劇場のキャンセル料だけでも、大変な額ですし――」

「それで？」

「その上、彼女の父親は、今日、ちゃんと、彼女の給料を貰いに来たんですよ。もともと、やたら彼女のことでは口出しするので、気にくわんオヤジなんですが、給料より、今は、彼女の行方《ゆくえ》を探すほうが先でしょうと、皮肉を言ってやったんですが、蛙《かえる》の面《つら》に何とかでしてね。探すのは、プロダクションの責任だ。もともと、安い給料で、こき使うから、娘は、堪《こら》えられなくなって失踪したんだって、われわれを非難するんだから、話になりませんよ」

「給料は安いのかね？」

「うちとしては、破格の扱いをしていますよ」

といったが、実際に金額は教えてくれなかった。

「前田克郎の妹には会って来たかね？」

「勿論、会いましたよ。それから、芸能週刊誌Aにも行って来ました。例の写真のネガも見せて貰いましたが、雑誌にのった写真の他にも、彼女と二人で写っている写真がいくらもあるんです。まいりましたね」

「二重写しじゃないのか？」

「いや。違いますね。私も写真の心得《こころえ》はありますが、あれは、本物のネガです」

「面白くなってきたな」

「何ですって?」

「このまま、彼女が現われなかったら、どうする気だね?」

「社長が怒っているし、今月一杯で契約更改になりますんでね。スキャンダルが事実だと、もう、彼女の歌手生活は終わりですから、契約は破棄《はき》ということになるでしょうね」

伊東は、重い吐息《といき》をついた。

「柴崎一郎という私立探偵が殺されたことは知っているかね?」

「ええ。われわれの車を尾行した男でしょう。テレビのニュースで見たし、警察でも聞かされましたよ」

「その事務所から、浅井京子が飛び出して来たのを、今朝、見たんだ。十時頃だったかな」

「本当ですか?」

「ああ。そのあと、彼女は車に飛び乗って、何処かへ走り去った。君から、失踪を聞いたのは、その後だよ」

「まさか、彼女が殺人なんかを?」

「まず考えられないな。よほどの事情があれば別だが」

「しかし、彼女にとって、ますます、事態が悪くなったことは確かですよ」

伊東は、また、溜息《ためいき》をついた。

彼は、もう、探すべきところは、全部探してしまったといいながら、秋葉を、彼のマンションまで送ってくれた。

翌日、リサイタルの初日になっても、浅井京子の姿は、現われなかった。

スポーツ新聞は、芸能欄で、一斉《いっせい》に、そのことを書き立てた。彼女や、明和プロの無責任さを批判するものが大部分で、芸能週刊誌Aのスキャンダル記事が事実であることを、これで証明したようなものだと書いた新聞もいくつかあった。明和プロのほうは、完全な受け太刀《だち》で、社長談話として、『これ以上、社会に迷惑をかけるようなら、契約を破棄せざるを得ない』と書いてあった。

伊東は、相変わらず、何の当てもなく、彼女の行方を追っているようだった。

秋葉は、友人の働いている中央新聞社を訪れ、有能な芸能部記者である落合に会った。

落合は、新聞社地下の喫茶店で会うなり、

「用というのは、浅井京子のことじゃないのか？　他に、今のところ、特ダネはないからね」

「そのとおりだが、彼女の実力はどんなもんだった？」

「冷静に見て、新人の中では、人気、実力ともナンバー・ワンだろうね。特に歌唱力は抜群だよ」

「日本第一プロの中島ユカと比べてどうかね？」

「正直にいえば、物が違うというところだね。もっとも、所属するプロの大きさが、段違いだから、その宣伝力の差で、どうにか張り合う形だが、同じ宣伝力だったら、水泳でいえば、浅井京子が一身長《いっしんちょう》は確実に引き離しているだろうね」

「彼女に会ったことは？」

「勿論、この仕事をやってるから、何回か会っているよ」

「印象はどうだ？」

「美人で、頭が良くて、野心家だね。年齢十八歳が嘘なことは、よくあることだから、別にどうということはないがね」

「例のスキャンダルはどうだね？」

「あれは、明らかに明和プロのミスだよ。過去に何もなかったなんていう歌手やタレントは、まず皆無《かいむ》だ。だから、プロダクションが、ちゃんと手を打っている。つまり、金だね。あそこには、伊東という優秀な職員がいて、彼が、浅井京子のマネージャーをやっているはずだから、こういうことは上手く処理していると思っていたんだがねえ」

「明和プロの社長は知っているのかい？」

「ああ。それが、どうかしたのか？」

「性格や、経営方針はどうなんだ？」

「まあ、これは、どこのプロダクションでも似たりよったりだが、抱《かか》えている歌手やタレントは品物扱いで、稼《かせ》げるだけ稼がせて、ポイというのが一般の風潮だね。特に、明和プロの社長は、その傾向が強いようだな」

「なるほど」

「笑ったね？　何かおかしいことをいったか？」

「いや。今度の事件のカラクリが、やっとわかったからだ」

「どういうことだ？　それは――」

「多分、あと半月もしたら、わかってくるよ」

秋葉は自信を持っていった。

11

秋葉は、その日から、何もせずに、ただ、ブラブラと過ごした。警察は、やっきになって、ダイナマイト犯人と、柴崎一郎殺人の犯人を見つけ出そうと必死のようだが、なかなか、目当てがつかないらしかった。

明和プロのほうも、伊東をはじめとして全社員が、浅井京子を探しているようだったが、こちらも、いっこうに、行方がつかめない様子だった。

宝劇場が、契約違反で、五千万円の弁償《べんしよう》を明和プロに要求したという記事も出た。そのせいか、浅井京子が失踪してから十日目、明和プロは、彼女との契約を破棄すると宣言した。「恩《おん》を仇《あだ》で返された」という社長の談話も出た。

もう、これで浅井京子の歌手生命は終わりというのが、大方の意見のようだった。そんな記事を、秋葉は、皮肉な眼で読んだ。彼等《かれら》は、事件の本質が、わかっていないのだ。

秋葉が、予想した半月が過ぎたとき、突然、浅井京子が、姿を現わした。

それから、一週間の、彼女をめぐる騒ぎは、ある意味では、わけがわからず、別の意味では、滑稽《こっけい》であった。

彼女は、押し寄せた記者たちに向かって、芸能週刊誌の記事にショックを受けて、ひとりになりたくて、沖縄《おきなわ》に行っていたと答えたが、週刊誌の記事については、押し黙って、肯定も否定もしなかった。

明和プロとの契約が切れて、フリーになったわけだが、どこのプロダクションも、怖がって、彼女に口をかけなかった。

その中で、日本第一プロダクションが、彼女と契約したというニュースが記事になり、秋葉をニヤッとさせた。彼の予想したとおりだったからである。

それから三日後、また秋葉の予想したことが起きた。

例の芸能週刊誌Aが、浅井京子のスキャンダル記事を、訂正する記事を、大々的にのせたのである。

記事を書いた記者は、責任をとらされ、退社させられたとも、書いてあった。出版社としたら、異常と思える扱いである。

訂正記事によると、彼女がコールガールをやっていたといわれる時期、九州の小さな食堂で働いていたという証人が現われたのだと、書いてあった。

浅井京子の談話ものせてあった。

「あの記事が出たとき、すぐ、反撥《はんぱつ》しようとしたんですけど、相手の前田さんが、亡《な》くなっていて、それが出来ないので、絶望的な気持ちになって、姿をかくしたんです。あの人とは、九州の小さな食堂で働いていたときに、お客さんで来た人で、二回だけ、海水浴につき合っただけです。今度、証人の人が名乗り出て下さって、本当に助かりました。これからは、日本第一プロの新人として、一から出直すつもりです」

その記事が出たあとの騒ぎは、いささか、秋葉の予想をとおり越していた。日本人には、もともと、弱い者に味方する判官《ほうがん》びいきの心情がある。今や、浅井京子は、全国民の同情の的《まと》になった感があった。

テレビが、彼女を追いかけ廻し、週刊誌と新聞が、それに続いた。

浅井京子は、今、前以上の人気者になってしまったのである。新宿の宝劇場まで、掌《てのひら》を返すように、彼女のリサイタルを、もう一度、受け入れると、日本第一プロに申し入れた。時の人として、満員になることは、約束ずみだからであろう。

（いよいよ、大詰めだな）

と、秋葉は、腰をあげ、久しぶりに、愛用のミニクーパーSに乗った。

12

新宿の宝劇場に着くと、前と同じように、浅井京子リサイタルの大看板がかかっていた。違っているのは、プロダクションが変わったのと、やたらに、記者たちが出入りし、切符の前売りが前以上にいいことだった。

秋葉は、車から降りると、劇場の中に入って行った。

リハーサルの間にも、彼女は、記者たちの質問攻めにあっていた。その答えは、また、ファンの同情をひくことだろう。

秋葉は、劇場の中に日本第一プロの社員、長井を見つけて、近寄って行った。

「うまくやったね？」

と、秋葉が声をかけると、長井は、「え？」という顔をした。

「一体、何のことです？」

「今は、浅井京子のマネージャーをやっているようだね？」

「ええ。貧乏くじを引いたと思っていましたが、ファンの皆様のご声援のおかげで、彼女も、どうやら人気を取り戻せたんで、ほっとしているところです」

「ファンの声援じゃなくて、君たちの巧妙《こうみよう》なトリックだろう?」

「何のことかわかりませんが――?」

長井は、呆《ほう》けた顔になった。

「僕を少し甘く見たようだな」

「わかりませんねえ」

「すべてが、企《たくら》まれていたのさ。君たちの日本第一プロは、浅井京子を欲しかった。が、明和プロが、金の成《な》る樹《き》を手放すはずがない。それで、君は一計を考えた。君がというより、日本第一プロがといってもいい。一方、彼女のほうも、野心家だから、明和プロのような群小プロダクションより、日本第一プロのような大きなところに移りたがっていた。だから、意見は一致していたわけだ」

「――」

「まず、芸能週刊誌Aに、彼女の過去のスキャンダルを流した。多分、君たちのやとった私立探偵柴崎一郎に、やらせたんだろう。彼は証拠写真まで持っていたから、週刊誌ものってきた。その前に、一つの布石として、もっともらしい脅迫状を出し、Mと署名しておいた。前田克郎のイニシアルだから真実性があるし、浅井京子も、それを見て、驚いてみせたから、明和プロも、動揺した。そして、彼女が失踪となれば、記事の真実性が増して、明和プロは、契約を渋る。それを見越しての君たちの計画だったんだ。

勿論、前田克郎には最初、スポーツカーなどを与えて、買収しておいたんだが、口が軽そうなので、前もって、事故に見せかけて殺してしまった。浅井京子が、散々に、痛めつけられて、フリーになったところで、契約し、記事が嘘だという証人を登場させる。それが計画だったのだろうが、二つ、君たちにとって、計画に狂いが生まれた。第一は、僕だ。だが、君は、僕を甘くみて、ダイナマイトで脅かせば、びくついて手を引くと考えた。第二は、やとった探偵、柴崎一郎の変心だ」

「――――」

「彼も馬鹿じゃないから、うすうす、君たちの計画に気がついて、君と、浅井京子を恐喝したんだ。別々に呼びつけてね。君がまず呼ばれたんだろうが、君は、彼の口を封じた。そのあとに、浅井京子が行ったんだ。それから、あの事務所の机に書かれた前田克郎の名前だが、多分、君が書いておいたんだろう。週刊誌の記事を、よりもっともらしくさせるためにだ。だが、あいにく、僕は欺《だま》されなかった。こんな事件には、馴《な》れてるんでね」

「証拠があるか？」

「今はない。だが、警察に知らせたら、大喜びで、君たちの周囲を調べ出すだろうな。君のアリバイや、ダイナマイトの出所をね。君たちと、あの探偵事務所との関係もだ。君は、あの男を殺したあと、契約書のようなものを探し出して持ち去ったんだろうが、私立探偵というのは、おしゃべりなものでね。他の誰かにしゃべるかもしれない。そうなると、まずいねえ。

それに、もう一つ、これは、勘ぐりかもしれないが、芸能週刊誌Aも、一枚かんでいるのじゃないか。あそこが一見、損したようだが、その補償は、日本第一プロが約束しているのかもしれないし、例の誠になった芸能週刊誌Aの記者が、日本第一プロに入ったということも聞いたんでね」

秋葉は、舞台にちらりと眼をやってから、

「じゃあ、今日中にでも、警察でもう一度会いたいね」

初出

・狙われた男　『小説推理』　双葉社　一九七三年　三月号
『夜ごと死の匂いが』（廣済堂文庫―一九八五年十月刊）に収録
・危険な男　『小説CLUB』　桃園書房　一九七三年　八月増刊号
『死への招待状』（角川文庫―一九八九年四月刊）に収録
・危険なヌード　『小説CLUB』　桃園書房　一九七三年十一月増刊号
『死への招待状』（角川文庫―一九八九年四月刊）に収録
・危険なダイヤル　『小説サンデー毎日』毎日新聞社　一九七四年　一月号
『日本殺人ルート』（廣済堂―一九八一年九月刊　角川文庫―一九八四年五月刊　廣済堂文庫―一九八六年七月刊　トクマ・ノベルス―一九九七年十二月刊）に収録
『第二の標的《セカンド・ターゲット》』（光文社文庫―一九八五年九月刊）に収録
・危険なスポットライト　『小説CLUB』　桃園書房　一九七四年　二月増刊号
『夜ごと死の匂いが』（廣済堂文庫―一九八五年十月刊）に収録

本書は、徳間書店より二〇〇〇年四月新書判で、〇二年十月文庫判で刊行されました。雑誌発表が一九七三、四年のため、現代の状況とは異なっている場合があります。なお、作品はフィクションであり、実在の個人・団体などとはいっさい関係ありません。

一〇〇字書評

切・り・取・り・線

購買動機（新聞、雑誌名を記入するか、あるいは○をつけてください）	
□（　　　　　　　　）の広告を見て	
□（　　　　　　　　）の書評を見て	
□ 知人のすすめで	□ タイトルに惹かれて
□ カバーが良かったから	□ 内容が面白そうだから
□ 好きな作家だから	□ 好きな分野の本だから

・最近、最も感銘を受けた作品名をお書き下さい

・あなたのお好きな作家名をお書き下さい

・その他、ご要望がありましたらお書き下さい

住所	〒				
氏名		職業		年齢	
Eメール	※携帯には配信できません	新刊情報等のメール配信を 希望する・しない			

この本の感想を、編集部までお寄せいただけたらありがたく存じます。今後の企画の参考にさせていただきます。Eメールでも結構です。

いただいた「一〇〇字書評」は、新聞・雑誌等に紹介させていただくことがあります。その場合はお礼として特製図書カードを差し上げます。

前ページの原稿用紙に書評をお書きの上、切り取り、左記までお送り下さい。宛先の住所は不要です。

なお、ご記入いただいたお名前、ご住所等は、書評紹介の事前了解、謝礼のお届けのためだけに利用し、そのほかの目的のために利用することはありません。

〒一〇一－八七〇一
祥伝社文庫編集長　坂口芳和
電話　〇三（三二六五）二〇八〇

祥伝社ホームページの「ブックレビュー」からも、書き込めます。
http://www.shodensha.co.jp/bookreview/

祥伝社文庫

狙《ねら》われた男《おとこ》　秋葉京介探偵事務所《あきばきょうすけたんていじむしよ》

平成28年7月20日　初版第1刷発行

著　者　西村京太郎《にしむらきようたろう》

発行者　辻　浩明

発行所　祥伝社《しようでんしや》

東京都千代田区神田神保町3-3

〒101-8701

電話　03（3265）2081（販売部）

電話　03（3265）2080（編集部）

電話　03（3265）3622（業務部）

http://www.shodensha.co.jp/

印刷所　堀内印刷

製本所　積信堂

カバーフォーマットデザイン　芥　陽子

Printed in Japan ©2016, Kyotaro Nishimura ISBN978-4-396-34228-9 C0193

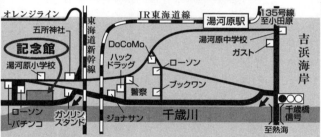

西村京太郎ファンクラブのお知らせ

会員特典（年会費2200円）

◆オリジナル会員証の発行
◆西村京太郎記念館の入場料半額
◆年2回の会報誌の発行（4月・10月発行、情報満載です）
◆抽選・各種イベントへの参加（先生との楽しい企画考案中です）
◆新刊・記念館展示物変更等のハガキでのお知らせ（不定期）
◆他、追加予定!!

入会のご案内

■郵便局に備え付けの郵便振替払込金受領証にて、記入方法を参考にして年会費2200円を振込んで下さい　■受領証は保管して下さい　■会員の登録には振込みから約1ヶ月ほどかかります　■特典等の発送は会員登録完了後になります

［記入方法］**1枚目**は下記のとおりに口座番号、金額、加入者名を記入し、そして、払込人住所氏名欄に、ご自分の住所・氏名・電話番号を記入して下さい

郵便振替払込金受領証　窓口払込専用

口座番号	百十万千百十番	金額 千百十万千百十円
00230-8	17343	2200
加入者名	西村京太郎事務局	料金（消費税込み）　特殊取扱

2枚目は払込取扱票の通信欄に下記のように記入して下さい

通信欄
（1）氏名（フリガナ）
（2）郵便番号（7ケタ）※必ず7桁でご記入下さい
（3）住所（フリガナ）※必ず都道府県名からご記入下さい
（4）生年月日（19××年××月××日）
（5）年齢　（6）性別　（7）電話番号

※なお、申し込みは、郵便振替払込金受領証のみとします。
メール・電話での受付は一切致しません。

■お問い合わせ（西村京太郎記念館事務局）
TEL 0465-63-1599

祥伝社文庫　今月の新刊

江上　剛
庶務行員　多《た》加《か》賀《が》主水《もんど》が許さない

唯野未歩子
はじめてだらけの夏休み
大人になりたいぼくと、子どもでいたいお父さん

垣谷美雨
子育てはもう卒業します

谷村志穂
千年鈴虫

加藤千恵
いつか終わる曲

立川談四楼
ファイティング寿《じゅ》限《げ》無《む》

西村京太郎
狙われた男　秋葉京介探偵事務所

菊地秀行
妖婚宮《ようこんきゅう》　魔界都市ブルース

南　英男
刑事稼業　弔《とむら》い捜査

岡本さとる
喧《けん》嘩《か》屋《や》　取次屋栄三

藤井邦夫
隙《すき》間《ま》風《かぜ》　素浪人稼業

辻堂魁
冬の風鈴　日暮し同心始末帖

仁木英之
くるすの残光　天の庭

佐伯泰英
完本　密命　巻之十四　遠謀　血の絆